感动心灵：最受欢迎的微型小说名家名作系列

——孙方友传奇小说

孙方友 著

 花山文艺出版社

图书在版编目(CIP)数据

女票:孙方友传奇小说 / 孙方友著. -- 石家庄:
花山文艺出版社, 2005(2021.8 重印)
（感动心灵:最受欢迎的微型小说名家名作）
ISBN 978-7-80673-711-8

Ⅰ.①女… Ⅱ.①孙… Ⅲ.①小小说 – 作品集 – 中国
– 当代 Ⅳ.①I247.8

中国版本图书馆 CIP 数据核字(2005)第 082375 号

丛 书 名:感动心灵:最受欢迎的微型小说名家名作系列
书　　名:**女　票**
　　　　　　——孙方友传奇小说
著　　者:孙方友

策　　划:张采鑫　滕　刚
责任编辑:于怀新
特约编辑:高长梅
美术编辑:齐　慧
责任校对:童　舟
装帧设计:大象设计工作室
出版发行:花山文艺出版社(邮政编码:050061)
　　　　　　(河北省石家庄市友谊北大街 330 号)
销售热线:0311-88643221
传　　真:0311-88643234
印　　刷:永清县晔盛亚胶印有限公司
经　　销:新华书店
开　　本:787×960　1/16
字　　数:200 千字
印　　张:14
版　　次:2005 年 9 月第 1 版
　　　　　　2021 年 8 月第 2 次印刷
书　　号:ISBN 978-7-80673-711-8
定　　价:39.90 元

目 录 CONTENTS

C H U A N Q I X I A O S H U O

孙方友传奇小说

2

第二辑 猫王

孙 方 友 传 奇 小 说

4

第 一 辑

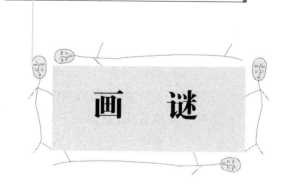

画　谜

女 票

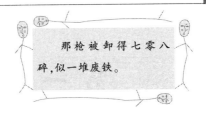

那枪被卸得七零八碎,似一堆废铁。

他灵巧地玩弄着一支枪。

那支德国造的小左轮如黑色的乌鸦在他的手里"扑棱"了一会儿,然后又被他紧紧地攥住。他下意识地吹了吹枪管儿,乜斜了一下不远处那个被绑的女人,咽了一口唾沫。

你一定不想死! 他说。可是没办法!

被绑的女人一脸冷漠,静静地望着前面的那个男人。她看到他又卸了枪。那枪被卸得七零八碎,似一堆废铁。废铁在阳光下闪烁,显示出能吃人肉的骄傲。他用手"洗"着零件,眨眼间,那堆废铁又变成了一只"黑乌鸦",在他的手中"扑扑棱棱"展翅欲飞,然后又被牢牢地攥住。

怎么还没听到枪响? 芦苇荡的深处传来了故作惊诧的询问声。

头儿,舍不得那娘儿们就放了她嘛! 有人高喊。

一片嬉闹声。

他蹙了一下眉头,抬头望天。天空瓦蓝,白云如丝,

轻轻地飘过,穹顶就显得无垠而辽阔。阳光在湖水里跳荡,堆银叠翠。芦苇摇曳,晃得人醉。那女人仍在盯着他。他看到女人那乌黑的秀发上沾满了芦花。白皙的脸冷漠无情,丰腴的胸高耸如峰,软得他禁不住热了身子。

他终于掏出一粒花生米大小的子弹,在口里含了含,对着阳光照了照,然后又在掌心中撂了个高——稳稳地接住,说:这回就要看你的运气了!

他说着瞭了一眼那女人——正赶一阵小风儿掠过,女人的旗袍被轻轻撩起,裸露出细细嫩嫩的大腿。白色的光像是烫了他的双目,他把不住打了个愣,觉得周身有火蹿出。

头儿正在想好事儿吧? 那边又传来了淫荡的呼啸声。

女人看到他那刚毅的嘴角儿被面颊的颤动牵了一下,那张年轻的脸顿时变形。他终于举起了那支枪。那支枪的弹槽像个小圆滚儿,如蜂巢,能装十多粒子弹,弹槽滚儿可以倒转,往前需要扣动扳机。她看到他把那颗子弹装进了弹槽,然后"哗哗"地倒转了几圈儿之后对她说:这要看你的命了!

这里面只有一颗子弹,如果你命大,赶上了空枪,我就娶你为妻。他又说。

她望着他,目光里透出轻蔑。

你知道,土匪是不绑女票的! 女票不顶钱! 有钱人玩女人如玩纸牌,绝不会用重金赎你们的。他说着举起了枪,突然又放了下去,接着说:让你死个明白,我们绑你丈夫,没想到弟兄们错绑了你。我们不是花匪,留不得女人扰人心。不过,若是我要娶你为妻,没人敢动的。但我又不想娶你这个有钱人的三姨太,所以这一切要由天来定了!说完,他又旋转了几下弹槽滚儿,才缓缓举起了枪。

女人悠然地闭了双目。

那时刻湖心的岛坡上就很静,一只水鸟落在女人脚下,摇头晃脑地抖羽毛。芦苇丛里藏满了饥饿的眼睛,正朝这方窥视。

他一咬牙,扣动了扳机。

是空枪!

求你再打一枪！她望着他说。

他摇了摇头，走过去说：我说过了，只打一枪。你赶上了空枪，说明你命大，也说明咱俩有缘分。

她冷笑了一声，说：你想得很美呀！

你想怎么样？他奇怪地问。

我想死死不了，也想认命。她望了他一眼，松动了一下臂膀，拢了拢乱发回答。

怎么个认法？

我也打你一枪！

他怔了，不相信地望着她，好一时，突然仰天大笑，说：够味儿，真他妈够味儿！怪不得陈佑衡那老儿喜欢你！我今日算是等到了对手，就是栽了也值得！他说完便把枪撂给了她，然后又掏出了一粒"花生米"。

她接过那粒子弹，装进了弹槽儿，然后，熟练地把弹槽滚儿旋转了几圈儿，对着他走了过去。

她举起了枪，姿态优美。

他吃惊地张大了嘴巴。

大哥，听说这女人可是枪法如神呀！苇丛中的人齐声喊——声音里充满了担心和惊悸。

她笑了笑，又转了一回弹槽滚儿，对他说：如果是空枪，俺就依你！说完，重新举起了小左轮。她的手有点儿抖，瞄了许久，突然，颓丧地放了枪，好一时才说：俺不认命了，只求你从今以后别再当匪，好生与俺过日子！

他愕然，呆呆地望她，像是在编织着一个梦幻。

你命不好，我愿意跟你去受罪。她不知为什么眼里就闪出了泪花儿。

他疑惑地走去，接过那枪一看，惊呆如痴。

俺转了两次，可那子弹仍是对着枪管的！她哭着说。那时候，俺真想打死你，可一想你命这般苦，就有点儿可怜你了。你不知道，俺也是个苦命的人啊！

他愤怒地扣动了扳机，枪声划破了寂静，苇湖内一片轰响。

他颓丧地垂下了手枪，对她说：好，我听你的，带你去过穷日子！

四周一片骚动,无数条汉子从芦苇中跑出来,跪在了他的面前,齐声呼叫:头儿,您不能走呀!

今日能得鲍娘,也是我马方的造化!他平静地说:弟兄们,忘了我吧!

有人带头掏钱,他和她的面前一片辉煌。他望着那片辉煌,跪下去作了个圆揖,哽咽道:弟兄们的恩德我永世不忘,但这钱都是你们用命换来的,我马方一文不带!说完,他掏出那把左轮,恭敬地放在了地上。她走过去架起他,然后拾起那把左轮,说:你当过匪首,说不定迟早会出什么事,带上它也好做个防身!

他哭了。

二人下了山。

童 票

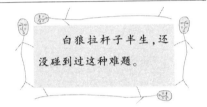

白狼拉杆子半生，还没碰到过这种难题。

一股土匪绑了陈州富户贾金山家的独生儿子，要求三天以内回票。不想三日未到，贾家突遭火灾，一家人被反锁在房内，全被烧死了。按黑道规矩，被绑票者在限期内突然出现天灾人祸，就要尽快将"票"送回。怎奈贾府没一个人了，将票送回去也没人接收。怎么办？这下可愁坏了匪首。

匪首姓白，叫白狼。白狼拉杆子半生，还没碰到过这种难题。他有心将贾金山的独生子送人收养，不想连送数家没人敢要——原因是贾金山是被仇家所害，谁敢收他的后代招惹是非？

万般无奈，白狼只好命一个老匪先照看小票儿，瞅机会再作打算。

小票儿才6岁，叫贵儿。照看他的老匪姓胡，叫胡老三。胡老三年近半百，当了半辈子匪，没发财也没混到女人。贾贵儿很聪明，喊胡老三为爷爷，一会儿给他掏耳朵，一会给他挠脊梁，没事儿还给他打眼儿，舒服得胡老三直"哼哼"。胡老三虽然是个老光棍，但身上毕竟潜藏

着某种父爱,于是,他就喜欢上了贵儿,亲得离不开似的。为怕贵儿累着,他特找来了个大竹筐,夜间行路就让贵儿坐在竹筐里,让贵儿在里边睡觉。胡老三上过几天私塾,认得一些字。白天没事,他就教贵儿习字,不想贵儿天赋很高,没多久就把胡老三肚子里的"学问"掏光了。

贵儿8岁那年,白狼也没找到处理他的好办法。胡老三看出了白狼的心思,就与白狼商量说自己年岁大了,不想再拖弟兄们的后腿了。这样吧,我带贵儿到一个偏僻的地方落户,供贵儿上学。这孩子聪明,过不几年,大王身边就会多个小师爷。白狼一听胡老三申请"退休",心中虽然舍不得,但又没有比这更好的办法。吃匪饭不养老也不养小,而且多是夜间活动,队伍里有这一老一少确实有点儿碍手碍脚。现在胡老三自己如此要求,只好顺水推舟了。白狼真心实意地挽留了几句,然后就取出一些银钱,交给胡老三,当天晚上又摆了两桌酒席,算是给胡老三送了行。毕竟出生入死几十年,酒喝得很沉闷,直到半夜时分,胡老三才带着贵儿和弟兄们挥泪而别。

到了一个人生地不熟的小镇上,胡老三买了两间草房,算是安了家。第二天,便把贵儿送进了学堂。因为有老人有孩子,镇人也不怀疑。胡老三对人说儿子媳妇皆染伤寒而亡,家中只剩下他们祖孙二人,怕在家中思念亲人影响孙子学业,才来到贵地安家落户。白狼不忘旧情,常派人化装成生意人来送些钱财,并安排胡老三要好生供贵儿上学。贵儿不负众望,读书很用功,15岁那年就中了秀才。不想这时候,白狼一杆人马因遭黑吃黑全部遇难。消息传到胡老三耳朵里,胡老三悲痛欲绝。当夜带着贵儿到了白狼等人坟前,向贵儿说明了一切,最后说:"我们弟兄当初虽然起过你的票,但并没想害你一家,俺们只不过想弄几个钱花!后来你家遭了变故,这些人就由你的仇人变成了你的恩人!现在他们都走了,再没人供你上学了!"贵儿是个聪明人,跪下来给白狼他们磕了几个头,然后对胡老三说:"爷爷,你算不上我的仇人,当匪起票是你们的本分。若不起票抢劫就不能算匪。我的仇家是烧死我爹娘的那个人,有朝一日我一定要报这个仇!现在没人供我上学了,我就不读书了,只求你老要好好生活着,放我出去闯一闯,十年或十五年后我回来接你——你一定要等我!如果十五年后不见我回,那我可能就不在这个人世了!"言毕,又跪下给胡老三磕了三个响头，起身拜了三拜，说声爷爷多保重，便消失在了夜色里。

胡老三一直等了贵儿十五年。

十五年后的一天深夜，胡老三被一阵马蹄声惊醒，醒来一看，他的房子周围全是兵。一个当官模样的人在他面前跪下来，喊道："爷爷，贵儿回来了！"

胡老三亮开昏眼，脸贴脸地望贵儿，等认清了，一把抱住，泪如泉涌，哭着说："孩子，你让我等得好苦呀！"

贵儿给爷爷抹着泪水，对爷爷说他现在是个军长，手下有一万多人，然后又悄声向胡老三说："爷爷，你当初干杆子为个啥？"胡老三瞪大了眼睛，说："为了发财嘛！可他娘的干了一辈子匪，也没发什么财！"贵儿说："那怨你们的路子走错了！爷爷，明天孙子就让你发财，还你一个梦想，报答你老的养育之恩！"

第二天，贵儿带队伍攻破了一座县城，占领了银庄、商号和县府机关。贵儿让胡老三坐在县府大院里，对他说："爷爷，等一会儿你就可美梦成真了！"

不一会儿，一队队士兵开始朝胡老三面前倒银元、元宝和金条什么的，只见白的闪烁，黄的耀眼，顷刻间，胡老三的面前就有了一座小山，直惊得胡老三大叫一声，双目喷血——双眼球被"胀"了出来……

母　爱

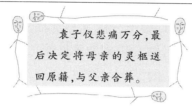

袁子仪悲痛万分，最后决定将母亲的灵柩送回原籍，与父亲合葬。

　　袁子仪是鄢陵人，在项城做生意，发财后置了不少房产，娶了五房太太，并将老娘也从原籍接来享清福。

　　袁子仪的母亲叫袁元氏，年逾七旬，突然从乡下搬到城里，人生地不熟，一直喊着住不惯，多次央求儿子把她送回去。袁子仪父亲早逝，又上无兄下无妹，哪忍心让母亲一人回家受孤寂，便想尽办法让家母高兴。怎奈袁元氏没有享福之命，尽管儿子孝心一片，可天不随人愿，到项城不足三年，就离开了人世。袁子仪悲痛万分，最后决定将母亲的灵柩送回原籍，与父亲合葬。

　　当时每个交通要塞都设有路卡，主要检查禁运物资，如鸦片、食盐什么的。从项城到鄢陵的重卡是周口渡口。周口渡口是个大码头，岸上设了哨卡，进出周口辖地都要检查。旧世道的鸦片贩子为贩鸦片费尽了心机：有放在阴道或肛门之内的，也有把死孩子剖腹装一肚子的，更有乔扮孝子把鸦片装进棺木夹层的。所以哨卡对棺木里的死人也不放过。袁子仪是个孝子，认为母亲已经入柩封棺，何必再见天日，便想花几个钱通融一下。不想卡子上检查极严，受贿的人说就是掏钱也要开棺验尸，对尸首和棺木皆要检查，只不过开棺后可以放松一些——受贿的人以为袁掌柜既然使钱，那肯定棺内藏有"猫腻"，可没料到袁子仪全是一片孝心。万般无奈，袁掌柜只好让人家按政策办事，不想棺木一打开，众人一下惊了，棺内没有了老太太的尸首，而是几块大石头！卡子上的人一看是这种情况，立即扣了所有的人，把棺木里里外外检查了一遍儿，没发现什么可疑之后，哨卡头目就很奇怪地问袁子仪说："你什么也没搞，如此隆重地送个空棺是什么目的？"袁子仪早已同傻子一般，哭丧着脸说："这一切我简直如做梦一样呀！"卡子上的头目想了想，对袁子仪说："看来，是有人将你娘的棺木调了包，人家借用你娘的尸首运货哩！"袁子仪这才如梦方醒，急忙问："前面是否过了送葬队伍？"哨卡头目笑道："人家偷走了你娘，会和你走同路？赶快回去找你娘吧，说不定早已被人抛尸野外了！"袁子仪这才放声大哭，凄凄地喊道："娘呀，孩子对不住你呀！"

袁子仪急忙回到项城，四处派人寻找母亲下落。还好，盗走袁元氏尸体的人是些好心贼，借用之后又悄悄送了回来。袁子仪抱娘尸痛哭不已，当下入殓，怕夜长梦多，当下就扶柩上了路。

送葬队伍再次走到周口哨卡时，哨兵上的人都为袁子仪能寻到母亲而庆幸，开棺一看老太婆果然躺在棺内，又看棺木还是那棺木，觉得没什么可查了，便要放行。不想这时候，袁元氏突然坐了起来，问道："就这样让他蒙混过关了？"哨卡兵士大惊，以为是诈了尸，不想老太婆又大声喊道："昨儿个是我儿子玩的计谋，我身下全是烟土！"

袁子仪一听这话，大叫了一声娘，接着就瘫了下去……

处斩袁子仪的那一天，许多人赶来看热闹。队伍后面，跟跟跄跄地跟着一个老太婆，她一路高喊："儿啊，是娘对不起你呀！"

声音十分的凄厉。

几日以后，老太婆自尽于街头，官府为她买了薄棺，要派人抬往乱坟岗埋掉。不想市人不同意，纷纷要求对袁元氏厚葬。官府无奈，只得答应。埋葬袁元氏的那一天，很多人自愿为她送葬。那队伍很长很长，一片孝白……

鸟　柏

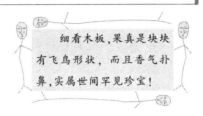

　　细看木板,果真是块块有飞鸟形状,而且香气扑鼻,实属世间罕见珍宝!

　　清朝末年,陈州城出了一宗大案:太昊陵内珍奇的千年鸟柏被盗。

　　陈州太昊陵,唐宋以来不断扩建。宋太祖赵匡胤于建隆元年亲自颁发"修陵奉祀诏",大事建筑,历时数载,终使太昊陵雄伟壮丽,金碧辉煌。陵前陵后,古柏参天,苍松翳日。而这古柏之中,有一株千年鸟柏。鸟柏,为世间珍奇。据传,若用此柏做堂器,块块板上能显出鸟状,而且千姿百态,呼之欲出。因而,用鸟柏制出的器物,也就成了无价之宝。

　　这株鸟柏生长在伏羲陵后,两个人合围不搭手。鸟柏被盗的时间正值太昊陵庙会期间,朝祖进香者无数。这一日,来了一位江南船家,自称是前来还愿,带来了一百根又高又直的杉木,全部竖在了鸟柏的周围。因为是香客还愿,庙院住持没起疑心。不料一个月过后,突然见鸟柏枯萎。待挪开杉木,才看到树冠是由杉木支撑,而价值连城的树身早已被人盗去了。

　　案涉县衙,陈州知县宋士元十分惊慌,连夜侦破,终于擒拿了盗贼。盗贼一共五人，为首的叫何七。等拿到赃物，鸟柏早在盗时就被截了两截儿，而且拉成了木板。细看木板，果真是块块有飞鸟形状，而且香气扑鼻，实属世间罕见珍宝！

宋士元命人把盗贼押到县衙，挨个儿审讯。盗贼们个个供认不讳，说是早已对鸟柏垂涎，便化装成香客，专买了杉木做掩护，人躲在里边做手脚。树大不好运，便分段拉成木板，盗了出来。

既然罪犯供认不讳，也就无甚好说，只好押进大牢里。不料到了夜间，五名罪犯企图越狱潜逃，全被狱卒们杀死了。人死物在，活案变成了死案。好在有罪犯们的口供，卷宗里又有盗贼们的指押，宋士元向州府呈过公文之后，让人掩埋了盗贼。

第二天，宋士元便把鸟柏做价，给女儿做了嫁妆。

上头批示的公文还未到，宋知县为女儿打制的嫁妆却已做好。没想到这时候，知府大人来了。

知府大人先看了看宋士元用鸟柏为女儿做的嫁妆，然后召宋士元进了密室。知府大人望了宋知县一眼，笑道："大人为得鸟柏，可真费了不少心机呀？"

宋士元一听，大惊失色，半天没说出话来。

知府笑着从袖筒里掏出一封书信，说："何七也不是等闲之辈，事成那天，曾派人给我送过一封密信，为顾朋友之情，我没捅出去！"

宋士元面如土色，急忙叩头谢恩。

第二天，宋士元便把做好的嫁妆悄悄送进了州府里……

没想事过不久，宋士元突然被投入大牢。由于证据确凿，三天之后便被斩首了。

陈 州 茶 园

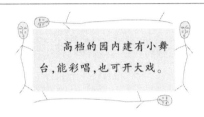

高档的园内建有小舞台,能彩唱,也可开大戏。

　　茶园,在陈州统称"清唱茶园",就是可以一边饮茶一边听曲的那种。陈州茶园最早出现在晚清,具体时间无人考证。茶园也有档次之分,高档的园内建有小舞台,能彩唱,也可开大戏。低档的只能清唱,像唱玩会,有鼓有锣有胡琴,三五人一伙,一个人顶多种角色,敲打起来,也算一台戏。

　　在清末民初年间,陈州最有名的茶园是"雅园"。据《陈州县志》载,雅园大约建于民国五年,地址很好,前临陈州大酒店,后临祥云公路,老板姓李,名少卿。园内既是茶棚也是戏院,建有舞台。演出当中,送茶的相公来回穿梭,也有卖瓜子的,摞手巾把儿的,卖"大炮台"机制香烟的。陈州一带剧种多,不但有梆子戏,还有曲剧、越调、道情、二夹弦、四平调,除去这些,还不时有曲艺大腕来演出。豫北的坠子皇后乔清芬就常来演出《五蝶大红袍》、《金镯玉环记》什么的,一人一台戏,很是叫座。据传到了民国二十几年,这里还放过电影。什么《火星人》、《大香槟》、《难兄难弟》、《破镜重圆》等影片,多是在此放映的。

李少卿是陈州北白楼人，父亲是个大财主，李少卿从小喜欢听戏，因白楼离城不远，他常常随伙计们进城看大戏。尤其是每年二月二昊陵庙会期间，他几乎就住在了庙会上。因为每逢庙会，来的戏班子就多，往往是几班子对台唱。当时最有名的戏班子有大赵家、二赵家、周口"一把鞭"、太康道情班、项城越调班，听的多了，他慢慢也开始学唱，与名伶交朋友。有一年他去汴京，见城里有茶园子，内里可以唱戏接戏班儿，不禁心动，回来劝说父亲，卖了十几亩好地，便盖了这个"雅园"。

由于"雅园"档次高，接戏班儿多接名班，慢慢就成了某种象征。来这里听戏喝茶的顾客也多是有身份的人，党政要员、商家大贾，请客谈生意，"雅园"是最好的去处。名伶们自然也愿意朝这里来，票房好，捧场的多，那是一种享受。新角儿更想朝这里来，因为一进来就长了身份，不红可以被捧红。用现在的话说，这叫"一炒天下知"。

李少卿是懂行的人，一旦发现好苗子，他就极力将其捧红。被捧红的角儿，三年内要向他交"炒银"若干。这叫"暗钱"，又是两厢情愿。当然，也有忘恩负义的小人，被捧红了，却忘了"雅园"的功劳，不但不交"炒银"，有时还拿大。对这种人，李少卿也有招儿治他们。有一年，一个名叫"草兰香"的女艺人被"雅园"捧红后，三年不进陈州城，更不向李老板交"炒银"，还私下说自己唱红是自然条件好，就是"雅园"不炒不捧也照样能走红。李少卿听说后笑笑，第二年就物色到一个比"草兰香"更好的苗子，取艺名叫"香草兰"，专演"草兰香"演的戏，后由李老板出资，为她所在的班子添置全新行头，并包班三个月，专与"草兰香"的班儿对棚，一直将"草兰香"顶"臭"为止，害得那"草兰香"与班主一同备厚礼来向李少卿赔情，并付了所欠的"炒银"，此事才算了结。

慢慢地，李少卿就成了陈州一带不登台的"戏霸"。自然，随着李少卿的名声越来越大，陈州茶园也越来越红火。为扩大经营，李少卿在周口、项城都开了分园。

陈州沦陷的那一年，李少卿已年过半百。由于战争，戏班子大多散伙，没散的也跑进了国统区。论说，李少卿在国统区也有分园，可以避难一时，怎奈当时其母病重，李少卿是个孝子，只让家人去了项城，剩他一

人留在家中侍候老娘。日本人侵占陈州之后，要搞什么皇道乐土，听说李少卿的茶园办得好，就派人将他叫到了日军指挥部。

日军驻陈州的指挥官叫川端一郎，喜音乐。不知什么原因，他对河南梆子戏也情有独钟。日军占领陈州之后，他就打听到李少卿这个人，今日唤他来，主要是想通过他将这一带的豫剧名伶召到陈州来，唱上几台大戏，以显示出"皇道乐土"的神威。李少卿一听这话，比较犯难地说："太君，若在过去，这种事儿并不难。可现在战乱，戏班子有的散了，有的在国统区，不好办！更何况有不少伶人因为你们的入侵，都剃了光头留了胡须，发誓抗战不胜利绝不演戏，更给这事增加了难度，你让我怎么办？"川端一郎是个明白人，他知道李少卿说的都是实情。可自己能将不容易办成的事办成了，那才叫真正的胜利。于是，他冷下脸来对李少卿说："皇军来了，你们有不少艺人不但不欢迎，而且还煽动民众反抗！这是大日本帝国所不能容的！让你来，就是让你引线，由我们来征服他们！"李少卿双手一摊说："眼下连人都找不到，你们征服谁？"川端一郎冷笑一声说："我们唤你来就是让你去找人！"李少卿为难地说："我毫无他们的信息，你让我去哪儿找？"川端一郎说："这个我的自有办法，只要你帮我们找到他们的家人就可以了！"李少卿一听这话，知道这是日本人想先将艺人们的家人抓来，然后逼他们回来。这个日本鬼子外表文静，心可狠毒着哩，他觉得这是大节问题，绝不能配合他们，便冷了脸问："我要是不配合呢？"川端一郎望了他一眼，手一摆，只见两个日本鬼子将他的老娘架了出来。李少卿一看日本人抓了他的老娘，万分吃惊，怒斥川端一郎说："我母亲重病在身，你们为什么如此对待她？"川端一郎笑了笑说："你是孝子，我的知道！只要你帮我们，我可以让我们最好的医生给你母亲看病，不可以吗？"李少卿说："你们真是欺人太甚！"川端一郎说："我劝你还是老老实实地和我们配合！"李少卿望了望川端一郎，问："我要是不配合呢？"川端一郎一听铁了脸子，又一挥手，只见两个日本人牵来了两条狼狗。两条日本狼狗张牙舞爪，汹汹地对着李少卿扑来扑去。川端一郎双目紧盯着李少卿说："你如果不配合，我就让狼狗当着你的面将你的母亲撕吃了！"李少卿一听这话，大惊失色，急忙说："太君，万万使不得！我说就是了！"李少卿万般无奈，正欲说什么，只见他母亲突然挣扎而起，叫道："儿呀，你万不

能说,说了就成了千古罪人了!你万万不可为娘而失大节呀!"说完,老太太就要去死,可怎能动得了!李少卿望着倔强的母亲,禁不住热血沸腾,他心中十分清楚如果顺了日本人,那才是最大的不孝。想到此,便大喝一声,喊道:"娘呀,自古忠孝不可两全,儿子先您老人家去了!"言毕,上前就死死抱住了川端一郎,一口咬住了川端一郎的鼻子……枪声响,李少卿倒在了血泊里……

抗战胜利后,陈州人自动捐款为李少卿母子立了一块"母子碑",并特意放在太昊陵东厢房的"岳飞观"里,至今还在。

画　谜

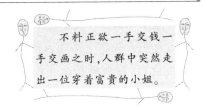

不料正欲一手交钱一手交画之时,人群中突然走出一位穿着富贵的小姐。

　　一篮桃是一女人的绰号,女人姓篮,叫篮一桃,由于长得漂亮,人称"一篮桃"。外号"一篮桃"的女人是陈州城北大户人家白复然的三房,白家人都称她为"三娘"。白家在城里有两处宅院,白复然死前卖了一处,眼下只剩下三娘住的一处。三娘是西安人,信基督,住不惯乡间,自从她来到白家之后就一直住在城里,就像现在有钱人包二奶一样,事实上当初白复然买这座宅院时有很大成分是为看篮一桃的。

　　篮一桃一生不开怀,但非常喜欢孩子。十多年前,她在英国人办的"育婴堂"里抱了一个男孩儿,取名叫屏。屏虽然比白复然亲生儿子白光小十多岁,但由于白复然就白光一个儿子所以屏就成了"二少爷"。白二少爷一直在城里上学,每年暑假或春节方回白楼住几天。白屏喜爱绘画,他的启蒙老师是教堂里的神父萨洛特,通过萨洛特,白屏正准备出国深造,不想白复然被杀害,由白光掌管了家业,白光的母亲是大太太。大太太一直不喜欢白三娘,原因是白三娘长得太好看,所以就产生了极其仇恨的嫉妒心,因而白光一掌握大权,就根据母亲的指示断了白三娘母子的给养。为此,篮一桃曾几度回城北老家,向白光母子提出抗议,怎奈府内上上下下都听白光母子的,最终也没取得胜利,万般无奈,只好悻悻地返回陈州。

白复然被人杀害的那一年,篮一桃才30岁,徐娘半老,风韵犹存。为儿子能出国深造,她面临着两种选择:一是卖掉旧宅;二是出嫁为别人妇。不想她把此心思向儿子一说,屏却不同意,当时的屏才15岁,但已懂得不少世事。他对母亲说这两条路都不好,最好的一条是我不出国了,咱母子二人靠自己养活自己,明天我就上街给人画像。

第二天,白屏果真不食言,背着画夹上了街,在一个角落处,先挂出自己画的素描,然后开始给人画像。白屏挂出的两张素描中,有一张是自己的母亲,由于画得漂亮,很快就吸引了不少人。可是,看画的虽然不少,但画像的人却寥寥无几,直直等了一个上午,也没一个人让他画像。白屏就觉得很泄气,心想这自食其力并不是一句话。

不想这时候,却有一个人提出要买篮一桃的那张素描像。白屏抬眼看去,那人年近半百,长的样子非常丑陋。白屏第一感觉就觉得漂亮母亲的画像若落到这种人手中简直是对母亲的一种亵渎。但为了生存,白屏还是咬咬牙问他愿意掏多少钱。那人说愿掏3块大洋。白屏一想3块大洋已不是个小数目,就答应了他。不料正欲一手交钱一手交画之时,人群中突然走出一位穿着富贵的小姐,那小姐望着白屏,说自己愿掏5块大洋买那张素描。白屏见有人愿多出两块大洋,自然愿意多卖钱。那丑男人一听有人与自己相争,便黑了脸子问白屏说我们已经成交你为何变卦儿?还未等白屏说话,那阔小姐替白屏解围说:"这位先生,你如果真是想要这张画,可以加钱嘛!"那丑男人说,"那好吧,我出6块大洋!"不料他话刚落音,那阔小姐就叫上价:"我出10块!"丑男人像是被激怒了,放大了声音说:"我出15块!"那少女也加大了音量:"我出20块!"丑男人迟疑片刻,嘴巴张了几张,最后终于没喊出口,望了望那小姐,说了声:"让你吧!"言毕,扭脸挤出了人群。

阔小姐一招手,她身后的丫环走了过来,数了20块大洋,放在了白屏手中,然后将篮一桃的那张画像小心地取下来,交给了小姐。小姐看也

没看,卷成了一筒,也扭头走了。

白屏如痴了般怔在那里,好半天方想起应该说句感谢的话,可惜,那阔小姐已经走远了。

白屏回到家中,向母亲说了一切,篮一桃说没人让你画像有人买你的画也是一样嘛! 你就再画一张试试,看看明日能否卖掉。白屏一想也是,便又认真地给母亲画了一张。第二天,白屏刚刚走到昨日挂画的地方,不想那富家小姐和那个丑陋的男人均已在那里等候。这一回是那富家小姐先开口要画,并说仍愿掏 20 块大洋,那个丑陋男人今日像是做了充分的准备,一下就开价 30 块大洋。富家小姐自然也不示弱,说愿掏 50 块。丑陋男人没等她话落音,伸出双手说我掏 100 块,省得再麻烦。果然,那位小姐就冷了脸子,问那丑陋男人说,"明日你还来吗?"那丑陋男人望了富家小姐一眼,说:"只要还卖这个女人的画像,我还来!"富家小姐白了脸色,对白屏说:"你如果答应不再画这个女人的画像出来卖,我愿意掏 5000 大洋买下这最后一张画像! "

白屏一想 5000 大洋连我出国深造的经费都有了,还出来卖画作甚,便答应了她。富家小姐扭头问那丑男人说:"5000 大洋,你还加不加?"丑男人显然没准备那么多,双目透出惘然,极其深情地望了望画上的篮一桃,悻悻地走出了人群。富家小姐望着那个丑男人的背影,一直望了许久才回头对白屏说:"我给你开一张 5000 大洋的支票,你去汇鑫银庄取吧! "言毕,掏出一张空白支票,填了数目,递给白屏,然后命丫环取下那画,径直走了。

白屏做梦也未想到一张素描画会值这么多钱,手拿着那张支票,简直如傻了一般。他不知自己是如何回到了家,待母亲唤他时他才如梦初醒,向母亲讲了事情的经过。篮一桃也深感奇怪,接过那张支票看了又看,心想这一定是好心人暗中相助,可这好心人是谁呢? 第二天,篮一桃动用了所有的熟人,打听那位富家小姐是谁府上的千金,可打听来打听去,都说没这样一位小姐。这一下,更使篮一桃母子大惑不解。接着,篮一桃又开始回忆所认识的人,也没寻到那个丑陋男人的影子,最后只好作罢,将白屏送到国外去了。

这件事儿给陈州人留下了许多猜测,有人说那丑男人与那漂亮小姐本来就是父女俩,当年曾受恩于白复然,特来陈州报恩来了。有人说那丑男人原是白府一个家奴,一直暗恋三姨太,所以要求一画贴于室内,不想碰上了个富小姐。有人说那富小姐和那丑男人实际上是"篮一桃"雇人化装的,因为她压根儿就有钱,而且数目不小,怕露富后引白光起歹心,故而才用此计让儿子出国深造……

这些猜测一直被陈州人演绎着,直到篮一桃故去。那时候,白屏已是一位很有名气的画家了。

指　　画

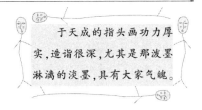

于天成的指头画功力厚实,造诣很深,尤其是那泼墨淋漓的淡墨,具有大家气魄。

　　指画又称指墨画,据传指画是清初康熙年间一个叫高其佩的人创立的,不但史有所载,且有作品存世,堪称画苑一奇葩。

　　陈州指画名家叫于天成。

　　于天成,1880 年出生于陈州,原名于鱼,字静池。他家道贫寒,出身卑微,没读过多少书,大半生是做雇员,担当录事、文书等职。然而他于青年时期就刻苦自学,工为绘事,而以指画为佳,举高其佩、李复堂之妙,悉能熔为一炉,运用自如。清末年间便树帜于中原画坛,其指画山水、梅花等都是别具风格。

　　于天成的指头画功力厚实,造诣很深,尤其是那泼墨淋漓的淡墨,具有大家气魄。于天成不但手勤,脑也勤,很爱思考。于天成说他本人喜用淡墨的原因是因为行笔便捷轻盈,风神潇洒超然,能给人一种不食人间烟火之状——当然,指画用淡墨,除去境界之外,技巧也是极难的。他的代表作之一《山村图》,题句:"高山流水外,别有读书堂",从画面看来,既富有粗犷自然的气势,又

含蕴浑润淡远的奇趣，具以凝重古朴的写意情味，又显现出独特的清幽意境，这正是笔所难能处，而指能传其神的境地。陈州名士李典则题于天成指画诗云："黑戏新参一指禅，胸中臆气幻云烟；郁州重见高其佩，偶写青山抵酒钱。"可谓是深知深解的知音了。

于是，于天成的名气越来越大。

随着名气的增大，于天成的画作也越来越值钱。民国初年的岁月里，"跑官"的人多用于天成的墨宝当做仕途的敲门砖或朝上爬的阶梯，一时间，洛阳纸贵。

作品有了价钱，人也"贵"了起来。人称于天成的手指为金指。于天成当然也越发珍爱自己的手指头。弹指一挥便是钱，这是多少人梦寐以求的呀？其时，跑官的人多是利用公款买画，出手大方，一幅画往往会抬来抬去，价格越来越惊人。到了袁世凯充任临时大总统的时候，若想得于天成一幅"及第图"，至少要用粪筐朝于府抬"袁大头"了。

大概就在这时候，陈州新上任了一位县执事，当时的执事就相当清朝的县太爷或以后的县长。执事姓李，叫李之，太康人，因与张镇芳有点儿瓜葛便被委任为陈州执事。李之很喜欢于天成的指画，喜欢又怕掏钱，心想自己乃陈州父母官，于天成当陈州辖民，要一幅总该是理所当然的吧？不料托人一"打码"，于天成根本不吃那一壶！这下惹恼了李之，回家卖了田地和庄院，用马车把银元拉进于府，一下购得于天成十幅墨宝。

几天以后，李之就派人把于天成抓进了县政府。于天成很傲气地望了李之一眼，问："我犯了什么罪？"李之阴阴地笑笑，说："你最好别问！只要卷宗上写明就可！咱明人不做暗事，今天本县抓你就是报复你，打一打你的嚣张气焰！让你晓得，你名气再大，艺术再高，但在权力面前，你只是鸡蛋碰石头！"言毕，命人拿出县衙老刑具，放在了于天成面前。于天成一看，原来是前清审犯人用的手笀。竹板做的，可松可紧，把犯人的十指夹在板中，两边有人上劲的那种。于天成大惊失色，凄然地叫："怎么？你要毁我的金指？！"李之冷笑着点点头，说："对！你有这双手可以发财，我们没有这双手怎么办？伙计们，怎么办？"

"毁了它！"堂后响起一片喊声。几个彪形大汉，三下五除二，就把于天成的十个指头搋进了竹笀内，只听一声吼，又听一声惨叫，一代指画大

家就这样结束了旺盛的艺术生命!

从此,于天成的指头变为鸡爪形,成了残废,再也不能绘画了。

于天成到处告状,花了很多钱,由于没危及生命,始终引不起官方的重视。当然,李之为应付于天成告状,也送了不少钱。法院吃过原告吃被告,只好以和为贵。

于天成残废后,他的指画作品更为珍贵,简直成了稀世文物,价值连城了。

李之收藏的十幅于作只卖了两幅,就用马车朝太康老家拉了几车银元。接着,又拿着于作进一趟省城,然后就调到豫第九行政区督察专员分署当了专员。

那时候,于天成就极后悔自己没想到这一层。什么事都应该急流勇退,当年若自己画上一批藏起来,然后毁掉右手,岂能会有此下场?

于天成深受其害地说:"什么叫艺术?权力才是最大的艺术呀!"

贵　妃

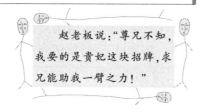

赵老板说:"尊兄不知,我要的是贵妃这块招牌,求兄能助我一臂之力!"

太平天国失败后,天王洪秀全的贵妃们携带金钱各自逃命。有一贵妃与南京李某结婚后迁到陈州经商,在南关十字街处开设药店,字号"李正泰"。正泰药店资本雄厚,生意兴隆。

这贵妃是扬州人,1864年7月天京失陷时,她才25岁。当年随天王征战,路过陈州,曾经吃过一回红薯泥。从此,便念念不忘。据说她随夫从江南水乡到中原陈州,有很大成分是为了红薯泥。

顾名思义,红薯泥是用红薯制作的。据传那贵妃初来陈州,一天三顿红薯泥,吃得多,就是老打酸嗝儿。那时候她当然不懂是胃酸过盛所致,老抱怨红薯泥做得不好。

陈州做红薯泥最好的一家是赵记饭庄。每开大宴,必上红薯泥,红薯泥也就成了赵记饭庄的名菜。那贵妃吃的就是赵记饭庄的红薯泥。

由于红薯泥的关系,赵记饭庄的老板与正泰药店的李老板关系很密切。

赵老板叫赵南河,陈州人。李老板带贵妃初来陈州之时,人生地不熟,这赵老板从中没少帮忙,使得李老板很快就在陈州站住了脚。

李老板比赵老板有钱,出入场合和接触的人物也越来越上档次,但李老板不忘旧情,仍然看得起赵老板。

不久,贵妃喜得贵子,取名李陈州。那时候,陈州人大多已知晓了贵妃的身份,为能目睹"娘娘"风采,前来贺喜的人络绎不绝。贵妃生产在床,当然不能接待,迎客忙不过来,李老板就请来赵老板帮忙。

人们纷纷来了,见不到贵妃,心中就感到更渴望。赵南河从中看出了这股情绪,就对李老板说:"请满月的喜酒由我包揽。贵嫂无亲人,我就算个干兄弟吧!"

李老板见赵老板自认"内弟",很是不安,连连地说:"这使不得!你我是弟兄,要认只有我认你为兄弟才是。"

赵老板说:"尊兄不知,我要的是贵妃这块招牌,求兄能助我一臂之力!"

李老板这才明白了,为帮助赵老板,说:"那不如请过满月之后,贵饭庄改为贵妃饭庄,我让夫人常去走动,也算招徕生意,你看如何?"

这下正中赵老板下怀,当下宣布,贵妃是自己的干姐姐,定于下月在赵记饭庄请满月酒,到时贵妃一定出面感谢诸位光临。

请满月那天,赵记饭庄门前张灯结彩,换上了"贵妃饭庄"的招牌。那一天,大街上车水马龙,全都奔向"贵妃饭庄"。从此,"贵妃饭庄"名声大振,生意红火空前。

赵老板有干姐做招牌,可谓财源滚滚,不久,便成了陈州名流。不想这时候,消息传到京城,朝廷听说洪秀全一个妃子在陈州竟也明目张胆亮出招牌,很是愤怒,当下宣召河南总督和陈州知府,要他们火速捉拿太平天国余党,就地正法。

陈州知府原以为一个妇人并不会引起什么麻烦,没想因此惹怒了朝廷,很是惊慌,连夜赶回陈州,当下就把贵妃一家抓了起来,只留了一个李陈州。

因赵老板是李陈州的干娘舅,赵老板就收留了李陈州。贵妃夫妇被斩之后,李家财产全由赵老板掌管。

女
票

一天,陈州知府叫去赵南河,说:"赵老板,杀人掠财不见血,好歹毒呀!"

赵老板一听,急忙跪地,面色苍白地说:"大人,有话好说!"

知府笑了笑,没说什么。

第二天夜里,赵南河给知府送去了不少金银财宝。

两年以后,那知府调离,贵妃之子李陈州也就突然失踪了。

据赵老板说,贵妃之子患的是霍乱,屙屙吐吐不到三天就离开了人世。说着,赵南河的眼睛里就流出了泪水。

贵 妇

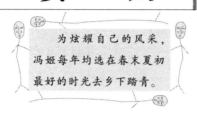

为炫耀自己的风采，冯姬每年均选在春末夏初最好的时光去乡下踏青。

余丰年是项城人，与袁世凯、张镇芳有姻戚关系。他以军功，被擢至清江提督。余丰年恃才傲物，飞扬跋扈，目空一世，排斥异己。安徽有个姓蒯的人补淮海兵备道，余与他不和，竟劾之归。事情做过了头，连上天也不允许，没等余丰年再升迁，就让其卒于了任中。

余丰年死后，秘不发丧，幕僚乘机卖官鬻爵，二十多天后，才上奏讣闻。张镇芳去给他办理交代。后来余的夫人寓居陈州。她在陈州北十几里左右的五谷台、黎庄等村买地千余亩。每当麦后秋前，她坐着轿车，带着仆女，到佃户那里，催租子，看庄稼，招来三乡五里的百姓看热闹，很是轰动。

余丰年的遗孀姓冯，叫冯姬，北京人，其父冯汝骙是进士，官至江西巡抚。冯姬自幼生长在南方，喜水。陈州有湖，就选在陈州定居。她在陈州建了一座豪宅，买下千余亩地，瞬间便成了陈州贵妇人。

余丰年死的时候，冯姬还不足 40 岁，由于保养好，并不见老。旧世道规矩多，尤其是对女人，更是森严壁垒。为炫耀自己的风采,冯姬每年均选在春末夏初最好的时光去乡下踏青。那一天,仆女们要打扮得花枝招展,连拉轿车子的几匹大马也要化妆一番。脖子上挂一圈儿苏州大串铃,串铃中间的大红缨半尺见长,随风飘荡,像一朵朵红色的彩云萦绕在骏马周围。余夫人打扮得更是雍容华贵,穿着端庄大方,气质高雅,虽年过不惑,但人老珠不黄,仍能令人倾倒。

冯姬45岁那年,大清王朝灭亡,天下民国。接下来,袁世凯垮台,张镇芳贬家为民,余家靠山顷间化为乌有。当年袁、张二位在台上时,陈州官员深知余丰年遗孀的重要,冯姬在陈州虽是一贵妇,但身份重量在他们眼中不啻于皇封诰命!所以,每逢冯姬下乡察看,没人敢说不字。现在她身后的两棵大树倒了,人们看她的目光也随即有变,再逢冯姬兴师隆重下乡踏青,就有人敢不恭了。

新任陈州知事姓柳,叫柳予路,柳知事是行伍出身,他的上司当了省长,放了不少团长到各县当县长,柳予路就是其中之一。这一天,柳知事下乡察看,所乘轿车刚到南关,就与冯姬下乡踏青的队伍碰了面。县政府的轿车子有权有势,当然不会给冯姬让路。而冯姬摆谱惯了,又不知道对面的车子里坐的是新任县长,当然更不会让道。一方有权,一方有钱。有权者的下人仗权,有钱者的下人仗势。而且双方下人都骄横惯了,个个仿佛比主子都厉害。他们怒目对方,要吃人似的。

柳予路初来乍到,不知道陈州城里还住着这样一位贵妇。他跟着主子一杆枪扫天下,对财大气粗者历来不放在眼中。做什么生意都不如玩枪,打开一座城池,财源就如水般涌来!不服气看看庐山、鸡公山、青岛、秦皇岛上的别墅,除去军人和洋人,谁人能盖得起? 当然,那时候柳予路还不晓得对方是什么人,一见轿车不走了,便询问是怎么回事。师爷是老陈州,简明扼要说了说冯姬的情况,然后激县长说:"这个女人不寻常,还是大人绕道吧!"柳知事一听,骂道:"一个鸡巴寡妇,怎能如此无理?"说着蹦下轿车,直冲冲走到冯姬坐的轿车前,刚要掀车门帘,不想冯姬的四个保镖"唰"地掏出手枪,对准了县知事。

县知事这才悟出对方绝不是一般的不寻常,想退,怕面子上过不去,想进,前面是四个黑洞洞的枪口。正在两难之际,师爷跑了上来,急忙相劝:"诸位,这位是陈州新上任的知事,是来求见贵妇人的!"柳知事正嫌师爷说得丢份儿,不想冯姬一听是新任县知事,便放了话:"既然知事大人求见,那就给他个面子吧!"贵妇人话音刚落,两个丫环上前掀开了轿车门帘。柳知事抬头一看,禁不住惊望如痴!

柳予路走南闯北大半生,还极少见过如此华贵漂亮的女人。

望着呆如木鸡的县知事,夫人矜持地笑笑,问:"大人,你是武出或是文出?"

柳予路急忙回答:"夫人,我乃武出!"

夫人望了他一眼,又问:"武至几品?"

柳予路不识多少文墨,想了想说:"现在不论品,是个团长!"

夫人很冷地笑笑,说:"我丈夫曾任清江提督,咱们也算一家人哩!当年我夫君在北洋军时,手下曾有个叫吴佩孚的管带,听说现在混得不错?"

柳予路一听,慌忙双膝跪地,磕头如捣蒜,因为吴佩孚是直鲁豫巡团使,柳予路能放任陈州,全因和吴是蓬莱老乡。

这以后,柳予路经常去冯姬府上拜望,一来二去,柳予路就自愿当了冯姬的"俘虏"。有一天晚上,二人尽情之后,柳予路要冯姬为他在吴大帅面前说几句好话,准备再晋升一级。冯姬笑道:"他是我夫君的部下,我怎能屈尊去见他!你若能让他来拜见我,我自然要多添好言了!"

柳予路当然不敢去央吴佩孚,央不来吴佩孚,冯夫人有面子也使不上。两年以后,柳予路才知道冯姬根本不认识吴佩孚。只可惜,那时候冯姬已变卖家产,到国外去了。直到那一刻,柳予路才真正悟出冯姬的不寻常!

狱　卒

拉出白娃的时候，白娃精神昂扬，不像别的死囚，一脸阴气。

孙方友传奇小说

30

陈州贺老二，老两口都是狱卒，专看死囚。无论男女，只要一犯死罪，剩下的日子统归贺老二夫妇管辖。人之将死，有什么要求，官方尽量答应。所以，贺老二夫妻做的是善事。

贺家原是大户，家道中落之后，贺老二便托父亲的生前好友谋了这个"阴阳差"。开初，是他一个人干，后来突然来了个女人犯了死罪，诸事不方便，经上方批准，妻子也便有了零差。女人犯罪率低，女狱卒多为临时。但无论如何，夫妻俩挣下的银钱也足能混饱肚子了。

由于贺老二识文懂墨，每遇到死囚有遗言，多请他落个笔记。贺老二自幼写仿，扎下了童子功，所以字很帅。被杀的人多是阳寿还长，自然有话要说。慢慢地，这便成了一条规矩。每有刑事，不等犯人相问，他就端来笔墨纸砚，隔着牢门问死囚：有话留下吗？

这情景就显得悲壮。所以，陈州至今仍流传着一句十分恶毒的咒语：有话你就留给贺老二说去！

这一年，死牢里又关了一名死囚。死囚姓白，叫白

娃。白娃很年轻,还不足 18 岁。他是城南颖河边人,由于家贫,15 岁就随陈州名匪王老五拉杆子,月前攻一个土寨的时候被官方生擒。因当时正闹捻军,官方下令只要抓住打家劫舍者,无论大小,无论男女,一律要问死刑。

白娃赶上了火候,单等秋后处斩。

贺老二很可怜白娃,觉得他年纪轻轻,又是苦命人,便处处照顾他,他对白娃说:"娃子呀,只要你不逃跑,吃啥我给你弄啥!"

白娃哭了,说:"大伯,我啥也不想,只想活命!"

贺老二一听犯了难,无奈地说:"俺百条都能帮你,惟有这命保不得!你既然惜命,为何当初下黑道呢?"

白娃泪流满面地说:"我从小没爹,是娘苦心巴力把我拉扯大。15 岁那年,远房二叔劝我外出随他做生意,谁知出来竟是干土匪!大伯这次若能救我出去,我饿死也要走正路!"

贺老二同情地望着白娃,许久了才摇了摇头说:"孩子,晚了!一切都晚了!"

白娃一听,痛苦欲绝,从此不吃不喝,说是宁愿活活饿死,也不愿让母亲看着儿子上刑场!

贺老二好说歹劝不济事,就觉得很犯愁,回到家里,也把不住长吁短叹。老伴儿见他精神不振,问其原因。他长出了一口气,对老伴儿说了实情。老伴儿也是个好心肠,听后也禁不住为白娃担心。

老伴儿说:"娃子就剩下这么点儿阳寿,总不能让他活活饿死呀。"

"我也是这么想,可就是劝他不醒哟!"贺老二满面愁容。

"都怪你把话说太死,让他少了盼想!"

老伴儿嘟囔老二说:"事情到了这一步,总该想个办法,让他活过这几天!"

贺老二望了老伴儿一眼,半天没吭一声。他觉得老伴儿说得有些道理,便开始想办法,想了半宿,终于有了好主意。

第二天,他摊纸磨墨,模仿匪首王老五的口气写了一封密信,大意是说到白娃出斩那一天,众弟兄将化装潜入陈州劫杀场……信写好,他让老伴儿化装一番,佯装是探监,把信卷进烙馍里,偷偷给了白娃,并暗示说吃烙馍的时候要小心，免得噎了喉咙。趁守牢的兵丁不在，老太婆便谎说自己是王老五派来的，暗暗说了劫法场的事，并安排白娃说："王大哥说，要你这阵子养壮身子，到时候省得误事！"

白娃不认得贺老二的老伴儿，信以为真，偷偷打开烙馍，果见一信，更是深信不疑。他虽不识文墨，但已从老太婆口中知晓了内容，顿时来了精神，他把那信当成了救命符，贴在胸前，一口气吃了五张大烙馍。

从此，白娃精神大变，猛吃猛喝。贺老二夫妇见他再不愁生死，心中也高兴，想法生点儿照顾他。

白娃吃得白胖。

不久，时近秋月。眼见白娃没几天阳寿了，贺老二特地找到刽子手封丘，安排说："白娃是个苦命的孩子，行刑时千万别让他多受罪！"

为让白娃充满生的希望，临刑前一天，贺老二又派老伴儿探了一回监。贺妻特意给白娃做了好吃的，悄悄送到牢房，对白娃说："孩子，你终于有了出头之日了！"

老太婆扭脸就落下了泪水。

拉出白娃的时候，白娃精神昂扬，不像别的死囚，一脸阴气。他满面含笑地跪在刑场中央，双目充满希望，在人群中扫来扫去……直到封丘手起刀落，白娃才含笑入九泉。那颗落地的人头倔强地离开了身子，在刑场里滚动了一周——那溅满血花的脸上笑意未减，充满希望的双目仍在人群中扫来扫去，扫来扫去……

墓　谜

人们做梦也未想到，南母之棺就地下沉5尺有余，上面又加了一具空棺。

南清泉，字益庭，号纳奄，官至刑部尚书，陈州北关人。据传，南清泉系小婆所生。他的母亲是个大脚板，模样平平，只因双脚心内长有两颗黑痣，被南清泉的父亲纳妾。

南母原是南府丫环，有一手绝活——会双手烙馍。她能两只手同时使用两根小擀杖，同时烧两盘鏊子，自己烙自己烧火自己翻馍，干起来灵巧无比，如蝶飞凤舞，烙出的烙馍似宣纸一般又薄又筋道。南清泉的父亲生来爱吃烙馍，所以很是喜欢这个大脚丫头。

一日，南父傍晚洗脚，由大脚丫头端热水。南父脱了袜子扬起一只脚对丫环炫耀说："看，这就是我的福处！"大脚丫头一看，原来那张脚心里长有一颗黑痣。她笑了笑，不以为然地说："那算什么！俺有两颗哩！"南父大惊，急命丫环脱袜相看，丫环红着脸脱了，果真是一只脚心里长一颗，而且又大又黑！南父惊诧不已，认定此女必是福人，当下纳了妾。

不久，便生了南清泉。

南清泉自幼就认为自己的福气是母亲带来的，所以他一直很孝顺。母亲活到85岁，离世那年，他带亲兵亲自护棺回陈州，举行了隆重的葬礼，并陪葬很多金银财宝。可是，垒起坟墓之后，南清泉就开始日夜担心，深怕有人在母亲坟墓上打主意。万一坟墓被盗，金银财宝事小，若让母亲落个暴尸扬骨，岂不是当儿子一生的罪过！为防不测，他先派人在墓旁边盖了几排房子，然后又派一队亲兵日夜守护。如此办妥，可他仍是不放心，心想自己是京官，不能长留陈州，只派人看守不是长久之计，思来想去，终于有了妙计，便派人叫来了守墓官朱奎。

这朱奎也是陈州人，原来只是个清兵，跟了南清泉之后，颇受重用，不久就成了心腹。听到大人叫，朱奎不敢怠慢，急急进了南府。南清泉一见朱奎，关心地问："回家了吗？"朱奎说回过了，妻儿都很好。南清泉听后笑了笑说："咱们都受命在外，回陈州一趟不易，应该串串亲戚！"朱奎受宠若惊，施礼说："蒙大人恩惠，串亲戚事小，守老太太墓事大！"一说到坟墓，南清泉沉了脸，忧愁地说："马上回京的限期已到，按皇家规定，亲兵要随官走动。如果我们一走，这老太太的墓只交给几个家丁，着实让我放心不下！"

朱奎也想到了这一层，担心地说："据我所知，盗墓贼中不乏高手，若只靠几个家丁，恐怕不能胜任！应该想出一个两全其美之计才是！"

"计倒是想了一个，今日唤你，就是为了此事！"南清泉望着朱奎说。

朱奎性急，忙问道："是何妙计，大人快快讲来。"

南清泉沉思片刻，然后才悄声对朱奎说了自己的计谋。朱奎一听，连连叫好，当下回到墓地，按南大人的吩咐，天黑时分，撤走了所有亲兵，独自一人用铁锹把坟墓挖了个大窟窿。

第二天一早，朱奎一面派人到处张扬，一面派人报告南清泉。南清泉慌忙赶来，只见前来看热闹的人成群结队，已把坟墓周围围了个水泄不通。南清泉悲痛万分，在母亲坟前大哭一场，然后双目一瞪，大喝一声："朱奎！你身为守墓官，玩忽职守，拉出去斩了！"话音没落，刀斧手架起朱奎就走。朱奎原以为自己按照南大人事先安排好的蒙混人哩，可他做梦也未想到临了竟是假戏真唱。当刀斧手的鬼头刀举起来的时候他才醒悟，一声"冤枉"未出口，只听"咔嚓"一声，人头就落了地。

当时有不少盗墓贼来陈州准备盗南母之墓，一听说墓已被盗，守墓官朱奎被杀的消息，暗自惊叹不知是哪位高手抢了先，只好悄然离去。

朱奎被杀，南清泉自觉心中有愧，便开恩让他的家人前来收尸，那时候朱奎的儿子已年近10岁，看到父亲被杀，哭得死去活来。埋葬朱奎的第二天，其儿子也突然失踪了。

一天深夜，南清泉暗派四个亲兵封了那个大窟窿。天明时分，那四个亲兵也突然不知去向。

十多年以后，陈州城来了一老一少两个富贾，扬言要在陈州收购黄花菜。二人包了一个单房。一住三个月。

老的名叫严奇，是朱奎当年的拜把兄弟。朱奎挖墓的那天夜里，他曾尾随而去。他原以为是朱奎真扒墓，未想天明就被斩了。他听到了朱奎临刑前的呼叫声，认为有诈，便偷走了朱奎的儿子，到一处习武十年，然后化装成富贾回陈州探究竟。

等到一个漆黑之夜，严奇和朱奎的儿子换了夜行衣，带了家什，前去南家坟院。可是，当他们费尽心机打开棺木的时候，一下子目瞪口呆！

内里竟是一口空棺！

严奇仰天长啸，哭喊道："朱奎大哥，你死得好冤枉呀！我们又一次上了南贼的当啊！"

陈州人未能说清南清泉用了何法保住了母亲之墓？

但是，为保一墓，死了五条人命却是千真万确的！

直到许多年以后，陈州开始"破四旧"，南母之墓也在其列。人们做梦也未想到，南母之棺就地下沉5尺有余，上面又加了一具空棺。

想来，这大概就是那四位亲兵的死因了！

女票

怪　医

刘公子一听此言，顿时双目冒火，浑身颤抖，只听背后一阵乱响……

　　明朝年间，有个姓刘的潢川人，在宫里当御大夫，专给皇上治病。有一年，跟着他读书的儿子得了一种怪病，吃药不见效，扎针没有用。万般无奈，他伤心地对儿子说："常言说，叶落归根，你已没多少日子了，回老家去吧！"

　　八月十五这天，刘公子回家路过陈州城，住在西关一家客栈里。那天晚上，西关有戏，他想：反正自己也活不了多少天了，不如痛快一时算一时吧，想着就告诉店家一声，看戏去了。

　　那天演的是《瓦岗寨》。刘公子正看得入迷，忽听身后有人说："驱鬼，驱鬼！"刘公子好奇，扭头一看，见一老翁正指着他喊叫。刘公子心中一惊，忙问："先生，我活生生一个人，你怎么说我是鬼呢？"那老翁说："我观你气色不对，恐怕没有几天阳寿了，故此叫驱鬼！"刘公子一听，惊诧万分，知道这老者绝非等闲之辈，急忙下跪，请求他给自己治病。

　　这老翁姓孔，是陈州地带有名的怪医，专治疑难杂

症。他把刘公子带到家中,号脉看舌苔,让人熬了一大缸药,然后把刘公子关在一间房子里,安排说:"这一大缸药,今夜里你定要喝光,要不,你的病就没救了!"

刘公子看着这满满的一大缸药,犯起愁来:"如此多的苦水,我怎能在一夜之间喝光呢?看来我还是难活啊!唉,年纪轻轻就患了不治之症,我的命好苦啊!"想到伤心处,不由失声痛哭起来。他哭着喝着,喝一口,叹一声,哭一阵儿,不知不觉到了天明。

孔先生开门进来,刘公子见了又止不住流泪,求他再想想别的办法。孔先生问他喝了多少药,刘公子说只喝了四碗多。孔先生笑了笑说:"这么大一缸药,撑坏人也喝不完!我是故意难为你呢!你知道你患的是什么病吗?"

37

女
票

刘公子摇了摇头。孔先生说:"你患的病为六合杂症。其病因是痰火内阻,余毒不清,又感风寒湿侵扰,逢心绪不佳气机散乱,郁而化热,所谓六合也。其热六经不归,似贼难捉,卫、气、营、血四层杂窜,忽而燥阳浮外而汗,忽而伏蛰心寒,若大潮之碎浪,其花四溅,药不能拿,针不可捉,往致诸医束手也!老夫昨晚故意难你,就是让你边哭边叹边用药,这一哭一叹,药才能入经进窍生效哟!"

刘公子一听,破涕为笑。不想孔先生却又叹气道:"公子不必过早高兴,若想把此病根除,还需一味粉药……只可惜,这妙药绝非一般人家能配得起哟!"刘公子忙问:"是什么灵丹妙药?我就是倾家荡产,也要治病!"

孔先生摇了摇头说:"百万富贾也无济于事,除非你家有人在朝居官!"

刘公子一听,忙施礼道:"先生,实不相瞒,家父是当朝御医刘杏林!"

孔老先生听得此言,惊诧得张大了嘴巴,上下打量刘公子好一时才说:"真没想到,公子竟是刘大人的虎子!如此一说,你有救了!此药名叫阴阳八卦丸,原是一位深山老道研制而成。它是用虎胆熊胆龙毛凤鳞配入麝香,取一百童子尿,一百女儿经血,然后又加入六十四味草药用华山泉水熬制成膏,浸丹田,润脊背,才能真正打通经络,化痰清毒,药到病除!"刘公子只听得目瞪口呆,许久了才敢问道:"敢问先生,虎胆熊胆都能弄到,惟有这龙毛凤鳞不知人间可有?"

孔先生大笑道:"你父是京官,每天在皇宫里走来走去,不难寻到的!"

"先生,据小生所知,龙凤只为传说,怕是宫中也无吧?"刘公子问。

孔先生听后又笑了一阵儿,笑够了才说:"皇上自称龙体,他的头发不就是龙毛吗?娘娘自称凤身,她的皮屑儿不就是凤鳞吗?皇上每天山珍海味,吃遍天下奇物,惟有他的毛发才治百病!娘娘每天擦油抹粉,百花香水沐浴,集天然之灵气,惟有她的皮屑儿才是血液之精华,能通六经哟!"

刘公子这才恍然大悟,叩头谢恩之后,拐马回了京城。御大夫刘杏林一见儿子回来了,很是惊讶。刘公子向父亲道说了陈州奇遇,又说了配制阴阳八卦丸的事,最后央求父亲加急寻找,说是孔老先生正等着配药呢!

没想到刘杏林听后却淡淡一笑说:"一个乡村野医,你怎能听他一派胡言!"刘公子很是惊慌,急忙跪地,央求说:"孔老先生说要想除根,必须配制阴阳八卦丸呐!"

刘杏林瞪了儿子一眼,说:"你懂什么?他得知你是我的儿子,才故意想出此策,让我犯欺君之罪!天下不知有多少庸医在妒恨我的地位呢!"

"父亲,你这是冤枉好人!"刘公子着急地申辩道,"人家出妙方在前,得知我的真实身份在后呀!"

"他是看你穿着不凡,已经猜出了八九分!"刘杏林老练地望了儿子一眼,说:"你若是贫家子弟,他绝不会如此!"

"不!"刘公子想到陈州所遇,知道孔老先生绝不是那种人,坚持说,"人家是真心救我,且药理入微,有理有据……"

"放肆!"刘杏林变了脸色,"一个江湖郎中,懂得什么药理?"

"病急乱投医,望父亲为孩儿一试!"刘公子苦苦哀求道。

"皇上和娘娘的皮发,怎能胡乱让人入药?他明明是想置我于死地,你却误入迷途!"

刘公子面色发白,愤愤地说:"看来父亲是要官不要儿了?"刘杏林瞪大眼睛,说:"老夫奔波一生,才捞到如此官位,怎能轻易丢掉!"

刘公子一听此言,顿时双目冒火,浑身颤抖,只听背后一阵乱响,六经相通,七窍顿开……刘公子一下怔住了!

　　刘杏林见儿子病体痊愈，神色大变，忙双膝跪地，朝南拜了三拜，然后起身对儿子说："你的病好了，这多亏孔老先生的提醒呀！"

　　刘公子见父亲忽冷忽热，丈二和尚摸不着头脑，怔怔地问："这是怎么回事？"刘杏林笑道："孔老先生治病一向声东击西，是为父从龙毛凤鳞之中悟出怒发冲冠四个字，才故意激你，使你六经相通七窍顿开呀！"

　　"你怎么知道孔先生善用声东击西之法？"刘公子疑惑地问。

　　"他就是为父的师傅！"

　　刘公子一下子惊得半天没说出话来。

女
票

吃　当

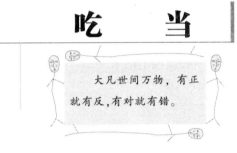

大凡世间万物，有正就有反，有对就有错。

民国年间，陈州最负盛名的当铺是大南门里的德厚当铺。

当铺和商店有所不同，它既没有招揽顾客的橱窗，也不设货物陈列的展柜，而是门前排出一块四方木板的幌子，中间刻着一个涂上红油漆的大"当"字，也有的在"当"字左右角上以小字写出字号的前两字，比如"德厚"、"分济"、"益生"什么的。当铺的两扇黑门都是铁页包钉，高高的窗户穿铁棍，店铺里面阴森昏暗，四壁贴着黄绿纸条，写有"虫咬鼠伤各所天命"，"失票无保不能赎取"之类的警示。迎门不远处便是一堵砖砌的高大柜台，它比中等人还要高出一头，柜台上边装有铁条或木棚栏杆，仅在接待当户地方留有方口，接当人坐在里面的高凳上向下俯视，典当人只有仰着脸，踮着脚，举起双手才能交物接钱。遇有大的物件，只能在店主监视下另开便门抬至门口，再由伙计搬进后面的储藏大库。

当然，当铺有当铺的规矩：一是太破旧的东西不收;二是贵重货物只能当个半价,最多也不过按其原价六成收钱,以防不来赎号;三是凡从当铺取出的钱,皆得背上大三分的高利贷,即当得 100 元,每日付息 3 元;四是典期多以一年为限,到时必须本利还清,逾期不赎为"死当",押品没收,凭当铺自由处理。这当然是一桩获利丰厚,不用担心赔本的生意。但又不是一般人都能干得了的买卖,首先须有雄厚的资金做铺垫,其次得有当地官绅做后台,再就是具备老鹰抓小鸡般的利爪,心不狠是开不得当铺的。

德厚当铺的老板姓史,原在天津卫悦来当铺里当头柜,后来回陈州投了靠山,自己独当一面,生意极其红火。头柜,也就是接柜的,这种人都是行家里手,精于谋算的人物,无论是珠宝玉器,金银首饰,还是古玩字画,皮毛衣物,一经其过眼,便可鉴别是什么货色。按现在的话说,这头柜人物至少是半个考古家、鉴赏家。除此之外,史老板还会察言观色,能揣度出典当人的身份和心理。瞧你必须得当,又无力来赎或不准备来赎,那就盯得准,抓得狠,掐着你脖子来杀价,逼你就范。

当然,他们也有"走眼"的时候。一般这种高手"走眼"大多是碰上了"吃当"的。

大凡世间万物,有正就有反,有对就有错。"吃当",顾名思义,就是专门吃当铺的。

旧世道干"吃当"这一行,也多是有本事的高手。他们多以假货充真货进当铺,从精神到气质,都要做假。以假乱真,瞒过头柜的眼睛,自然也不是易事。因为造假者都有一个通病:多造名贵之物。最宜造假的,就是名人字画。据说一幅真品,能揭五张之多。造了假画,再充卖画人。一般藏有名画者,多是家道中落的破落子弟,穿着气度,走路作派,自有其特别之处。要冒充这种世家子弟,自然要从他们的学识、心理、举止上勤于研究,常常出没于他们之中,才能领略一二。

当然,造假画者也不是专用画来唬当铺,除"吃当"之外,他们也吃暴发户。因为附庸风雅由来已久,有破落户要卖,就有暴发户要买。他们先取来真品,然后造假卖给暴发户,从中牟取暴利。因为古人作画用夹宣,装裱师有本事将其揭开,画的上一张裱后为真品,而下一张则可据墨迹另加描摹。如此一张名画,可一描再描,几无穷尽。德厚当初开张时,史老板就见过一帧仇十洲的仕女图,几经鉴别,才认出是伪品。因为工笔画不比写意画讲究神韵,而是贵在秀丽干净,一览无余,且又容易描摹,因而赝品屡见。见识少的人,很容易上当。

由于史老板眼高,陈州一些暴发户购买名画时,多请他来鉴别。史老板怕丢名声,鉴画认真,识出不少假货。有一次,有人要出手唐寅的《美人望日图》,题款为欧阳修词句:"月上柳梢头,人约黄昏后。"画面只见美人背立于杨柳下,长发过颈,发丝细密可爱。史老板细观之,良久方说:"唐伯虎一代风流,曾与仇十洲齐名于明代。论说,此画以词句配,相得益彰,只可惜是一幅赝品。假就假在这美女发型上,你们看,这多么像近代越南妇女之发型!"

如此敲砸造假画者的饭碗,双方就成了仇家。造假者集思广"议",终于造出一幅假画使史老板看走了眼。

那是一天早晨,史老板刚起床,相公们就来对他说有人要当一轴唐寅的画。一听是唐寅的画,史老板就格外小心,亲自走进当铺仔细观赏。不知什么原因,史老板看走了眼,当下就给了那人五百元现大洋。两天后的午饭时辰,史老板取画到日下再次鉴定后,方认定是件赝品,大呼上当。

第二天,史老板在城里陈州饭庄请了一桌酒席,邀来一些陈州书画界名流共同鉴赏这张画。当众人皆说是假货时,史老板便自认倒霉,且当众焚了画,并说要以此引为大辱,牢记"失眼教训"。此事很快传开,目的是想引诱典当人前来讹钱,其实并没有把原物烧毁。不想史老板等了几年,也未见人前来赎画。

为引以为戒,史老板挂起了那张赝品。

从此以后,史老板再不出山为人鉴画。

脚　行

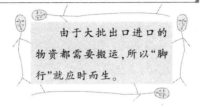

　　由于大批出口进口的物资都需要搬运,所以"脚行"就应时而生。

　　脚行,顾名思义,是靠卖力气吃饭受雇于人的行当。周口出现"脚行"这个行业,可以追溯到清朝前期,由于当时没有火车、汽车,运输主要靠船只和人推马拉的木轮车。周口地处豫东平原,河道纵横,陆路四通八达,水陆交通都极为便利,因此贸易兴旺发达。由于大批出口进口的物资都需要搬运,所以"脚行"就应时而生。

　　清末民初年间,周口一地单以搬运粮食为主的脚行班就有七八个,工人近千名。这些脚行班大都聚集在粮行、粮坊集中的街道,并都和大陆陈行店挂了钩,各班都有自己的店主,每天按照店主的要求去完成本班的搬运任务,互不干扰,互不侵犯。那时候周口有大型行店二十多家,粮坊一百多个,坊子里的粮食一经行店收购,全由脚行班用木轮车集中到栈房,单等上船外运。当时搬运的最笨重的货物,除了粮食之外还有食盐。一般体力弱的工人,是不敢当卸盐工的。那时候盐由"官商"经营,所以也叫"官盐"。"官盐"全由水路运来,每来一次盐船都有二三十只,领头的船上插着黄旗,敲着铜锣,不停地吆喝:"盐船来了,两边让道!"如此高喊的目的,一是叫密集的船只让开水道,二是通知脚行班做好卸盐准备。西新集有一个班子,专管卸盐,听到盐船来了,便奔走相告,立即集中到"三道沟"西边的一个码头上,严阵以待。当时装盐用的不是麻袋,是用芦苇席打的盐包,每包重千斤,需四个人抬一包,从船舱抬到岸上的堤根边。堤上有五六个人用一个"滑子",把盐包往上拉,拉到堤上后,再由四人抬起到盐场上垛。这个专卸盐的码头,既窄且陡,砖石砌的护岸像城墙一样陡峭,此码头被人称为"盐路口"。

西新集的脚行班班头儿姓吴,叫吴大,六尺高的个头儿,体重有200斤左右。在脚行班当头儿,与其他不一样,要论力气。吴大一人扛过一个盐包,众人皆服,便推举他当了班头儿。脚行这个行当,当了头儿并不比别人少干,相反还要处处带头,只是每次分账时,给他多提一块或两块钱。吴大力大,饭量也大,一顿能吃七八个大馒头。他最拿手的技术是垛盐垛。无论多高的盐垛,他都能垛得整整齐齐,所以每次卸盐,都是他在垛上,严把外线。所谓外线也就是最边的那一排。这不但要眼力,也需力气,可里或可外一点儿,他一个人就能挪得动。盐包"死沉",如一块巨石,砸在身上不要命也要断骨头,所以码头人皆称盐包为"盐老虎"。盐路口码头上,几乎每年都要伤人。

脚行班头儿除去每天多领一两块钱外,还有个特权,那就是可以落些扫舱盐。所谓扫舱盐,就是卸过盐之后船舱里打扫出来的盐。这盐当然很脏,需要先化成盐水,再重晒。吴大是个光棍汉,母亲双目失明,没那工夫。他每次得了扫舱盐,就攒在一起,然后卖给酱菜店。

这一天,吴大正在吃饭,突然有一个年轻人找他,说是要吃扛脚饭。吴大抬头一看,来人二十五六岁,长得眉清目秀,身材较瘦弱。吴大上下打量了他一眼,笑道:"你长得像个书生,怎能受得了这苦?"那人施礼道:"吴班头儿,人不可貌相,海水不可斗量。在下吃得吃不得卸盐之苦,试一试不就得了?"一句话,倒说住了吴大。他又望了那人一眼:"请问贵姓?"那人说:"免贵。鄙人姓阮,叫阮一达。"吴大不再多问,说:"那好,你既然想吃这份儿苦,那就上码头吧!"第二天,赶巧有盐船来,阮一达随吴大上了码头。卸盐数下船最苦,吴大为试阮一达,特派他抬包下船。盐包重千

孙方友传奇小说

44

斤,四个人抬四个角,然后再沿两块跳板横着抬到岸上,每个人不但需要分担二百五十斤的力气,还得有个在窄窄的跳板上挪步的技术。四个人要勾头看跳板,口里喊着"一二、一二"朝下抬。由于是从高向低处走,抬外杠的两个人要高个儿,抬里杠的要低个儿,这样有所平衡,不易损着哪位了。阮一达个儿高,自然是抬外杠。不想这精瘦的阮一达,倒像个行家里手,下跳板迈脚步,很是和谐,一连卸了五日盐,并不见叫苦,只是皮肤晒黑了一些。吴大就觉得这阮一达不是一般人,更觉得让其干这种苦力有点儿屈材料。等卸完船之后,吴大特领阮一达进了一家小酒店,要了两个小菜一壶热酒,边喝边细问起阮一达的身份来。阮一达开初只喝酒不答言,见吴大问急了,才笑着说:"吴班头儿,实不相瞒,我是芜湖人,家父就是大盐商,只不过他也是装盐工出身,为让我掌好家业,特让我到这人生地不熟的地方干脚行,等干够一年,再回芜湖。"吴大一听阮一达是大盐商的儿子,早已惊诧得张大了嘴巴,怔怔地问:"你说的当真?"阮一达笑了,说:"我骗你有何用?若不是你问,我是永远不给你说这些的。"吴大这才信了,说:"你说你父亲也是扛脚出身,最后怎么成了大盐商?"阮一达沉吟片刻说:"吴大哥,说来怕你不信,我爹发迹前和你一样,也是脚行的头儿,不过,他要比你精明得多。你们这里卸盐,我们那里是装盐——就是将盐包装进船舱里,难度要比卸盐难得多。没装船之前,他先与船主讲包价,讲妥了,先暗扣一些,然后再召集人装舱。几年下来,便有些积累,开了个小盐行,慢慢闹大了。"吴大听得瞪圆了眼睛,不解地问:"克扣劳力的工钱,那怎忍心?"阮一达笑了,说:"这就看你的本事了,家父说干大事者必须从细微处着手,任何事情都有机可乘。家父对工人非常关心,也就是说,会收买人心,他所克扣的那部分并不是工人应得的,而是从船主那里多要的,只不过是借了工人们的力量而已。"吴大越听越迷惑,怔然地问:"怎么是借了工人们的力量?"阮一达笑道:"你想,任何船主都是不愿多掏钱的。由于家父威信高,先率领工人们罢卸,船主们耽搁不起,就暗地向父亲许诺,这不就是借了众人之力吗?"吴大这才恍然大悟地"啊"了一声,双目直直盯着一处,好一时才说:"我怎么就没想到这一层呢?阮老弟,亏你指点,才使我顿开茅塞。这样吧,趁你在此,帮我一把,咱也来个罢卸,让船主涨价钱。"

女
票

第二天，吴大率领西新集的卸盐工开始了罢卸。可令吴大料想不到的是，他们罢卸刚不到半天工夫，船主却找来了另一支卸盐工，价格比他们的还便宜。吴大惊诧万分，急忙找阮一达想办法，岂料那阮一达早已没了踪影。这一下，吴大傻了眼，他做梦没想到会是这种结局，急忙又去找船主央求复工，船主借机压价，吴大深怕众人丢了饭碗，只好打掉牙往肚里咽，认了。

盐工们无不抱怨，第二天就罢了吴大的职。吴大很苦恼，正欲寻阮一达问个明白，不料阮一达却派人偷偷给他送来了50块大洋和一封信。原来这阮一达果真是少老板，他不但是盐商还是个总船主。为减少装卸费，他用此办法深入沿途码头，一下使装卸费减少二成。光这一项开支，他每年就能省去几十万大洋。

罗氏番菜馆

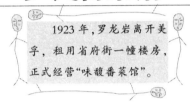

1923 年,罗龙岩离开美孚,租用省府街一幢楼房,正式经营"味馥番菜馆"。

番菜馆即西餐馆的旧称。

旧社会,国人故步自封,把国外称为番地,把国外菜称为番菜。"味馥番菜馆"是汴京城一家有名气的西餐馆,由罗龙岩开办。罗龙岩是陈州人,出生于清光绪十六年(1890 年)。少年时,他在上海租界一家德国人经营的德明饭店西厨房当学徒,学得能帮铁灶的全套技术,会做各种西菜,足够称得上是"head cook"(西厨师)。出师不久,被推荐到上海美孚洋行当厨师,为洋行的外籍职员做西餐。民国初年,被调到开封美孚洋行继续当西厨师。1923 年,罗龙岩离开美孚,租用省府街一幢楼房,正式经营"味馥番菜馆"。

味馥番菜馆开业后,罗龙岩不仅仅是番菜馆的老板,而且还是番菜馆的主要厨师。当年,味馥番菜馆从不向外聘任厨师,所用厨工都是罗龙岩的徒弟。

30 年代,罗龙岩做出的各色西菜,常受到外侨的称许。那时候开封是河南总督府所在地,也就是现在所说的"省会"。也就是说,那时候的开封还"年轻",不但有

女
票

外国领事馆、各洋行外籍人员，还有各教堂、教会学校和医院的神职教职洋员。他们对味馥番菜馆格外青睐，频频光顾。更有不少达官贵人和崇洋媚外的"假洋鬼子"常来西餐馆摆阔气。所以，味馥番菜馆的生意颇是兴隆。

不想这时候，却发生了一件意想不到的事儿。

事情发生在罗龙岩的儿子身上。因为罗龙岩一直与洋人打交道，给儿子起名也很西化，叫罗特。罗特从小就在洋人堆里混，不但学会了一口流利的英文，也学会了不少外国人的生活习俗。18岁那年，他考入南京国立大学外语系，暑假回开封度假期间，竟与美孚洋行经理的太太发生了桃色事件。

开封美孚洋行的经理叫卡·罗特，太太叫斯妮，比卡·罗特小30岁，比罗特大5岁。因为卡·罗特年过半百，又患了阳痿，所以年轻的斯妮常来味馥番菜馆喝酒解闷。那时候罗特闲着没事儿，看斯妮满腹忧愁，一杯接一杯地朝肚里灌威士忌，就起了恻隐之心，常陪着她闲聊。一来二去，二人就有了共同语言。有一天卡·罗特去上海总行开会，罗特被邀请到了斯妮的卧室。由于卡·罗特是行长，银行职员都畏惧三分。众职员都害怕行长，所以也就没人敢解决行长太太的性苦闷。罗特是个毛头小伙子，可谓是初生牛犊不怕虎。斯妮掌握了他的这种心理，只穿了一件睡衣，而且没穿裤头儿，罗特一进卧房，她就用宽大的睡衣罩住了罗特。罗特眼前一片雪白，差点儿晕了过去，一下就捉住了斯妮那对儿白嘟嘟的乳房，高叫了一声，接下来就陷入了泥淖……

从此，二人便勾搭成奸。

这种偷情若发生在两个中国人身上，很可能会保密一生不会被人发现。而斯妮是美国人，对贞节什么的不太讲究，叫做不爱则已，一爱就烈。再加上卡·罗特有毛病，而西化了的中国罗特正属八九点钟的太阳，二人一触即发，就燃起了熊熊的偷情火焰。

由于二人都不太注意保密工作，很快就被人看透，成了公开的秘密。先得消息的是罗龙岩，很气愤地打了儿子两个耳光，认为是斯妮勾引了自己的儿子，让一株很鲜活的马齿菜喂了老母猪。但气归气，罗龙岩深知洋人惹不起，又加上他压根儿还是中国人，按中国规矩男女偷情多认为男方赚了便宜，女方吃了亏。这种传统的思维逻辑只好逼着罗龙岩唉声

叹气,大骂儿子不争气,第二天就派人把罗特送回了南京。

事情弄到这一步,本该告一段落,经过时间推移,慢慢就了结了。不想那罗特偷吃禁果之后,再也耐不住寂寞了,一有机会,就偷偷从南京回来与斯妮约会。不想有一次太放肆,没关门,被卡·罗特捉奸捉了双。

其实,小罗特与斯妮偷情的事卡·罗特早有察觉。他原想自己身体有病,妻子偶尔不规矩也就算了。再加上那个中国小罗特已去南京上学,事情已经了结。不想那小罗特竟如此迷恋女色,肆无忌惮,按中国话说,是不是欺人太甚了!

卡·罗特派人叫来罗龙岩,说是他的儿子大大伤害了他的感情毁坏了他的名誉,问罗龙岩是公了还是私了?望着不争气的儿子,罗龙岩无话可说,最后只得同意私了。

私了的办法很简单,就是让罗龙岩宴请在开封所有的外国人员来味馥番菜馆吃一顿,宴会中间,由罗龙岩父子公开向卡·罗特赔礼道歉,并让罗特向卡·罗特发誓,永不再见他的太太斯妮。一切都办过之后,罗龙岩再次派人将儿子送回南京,并让派去的人同住南京,监督罗特好好读书,三年内不得回汴京。

可是,罗特到南京不久,就被人暗杀了。派去监督罗特的人向罗龙岩汇报说,那一天少爷从学校回寓所,走到楼下时,便被人开枪打死了。

罗龙岩吃惊万分,急忙亲赴南京雇侦探查明凶手。侦探很快查明是美孚洋行驻开封分行行长卡·罗特雇杀手干的, 只是杀手已经去了美利坚,抓不到凶手就抓不到证据……罗龙岩怒火万丈,急急赶回开封斥问卡·罗特说:"我儿子已经认错,并当众发了誓,你为什么还要杀他?"卡·罗特双手一摊,耸了耸肩说:"我是为了帮助他实行诺言,这不,他们将永远也不会再见了!"罗龙岩一见卡·罗特要无赖,更是气愤,让人写了状子,请了律师,告到地方法院,地方法院以案件发生在南京为由,不敢受理。万般无奈,罗龙岩又托人找门子一直告到南京最高法院。因为是涉外案件,最高法院极其慎重,先派人调查,又派人取证。由于没有足够的证据,官司再次搁浅……罗龙岩不服气,又一状告到上海租界……如此折腾了几年,罗龙岩花尽了多年积累,也没问出个所以然。罗龙岩没有了资金,味馥番菜馆只得关门停业。再后来,老态龙钟的罗龙岩在开封无法生存,只好带着一家老小回原籍陈州去了。

天顺恒杂货店

孙方友传奇小说

> 为让众人开眼界，她还举行了隆重的婚礼，用雪铁龙将妻子接到府内。

　　天顺恒杂货店的前身为天顺成，系山西晋城人王老秉创办，后改为天顺恒，独资经营，资金雄厚。他们直接向湖南、湖北、两广、四川等产地厂商购进红、白、冰糖，各类纸张、杂货，由水路源源运抵周口，一来货就是十几船，光卸船就得好几天。由于资金雄厚，他们在老河口收购桐油，皆采用先付款，后交货的办法，取得广大油农的信任，所收桐油数量多、质量高，而且价格低，速度快。当别家着手收购时，天顺恒的桐油已装船起运了。每年夏天修理油漆船只的季节一到，立刻被抢购一空。

　　王老秉一生虽娶有三房二妾，但却膝下无子，只生了三个女儿。到了民国初年，王老秉年迈，只好将天顺恒交给了他的小女儿王银怡。那一年王银怡才19岁，正在汴京读洋学，被父亲召回。王老秉为在有生之年培养女儿接管天顺恒的能力，便提前让其挂帅，自己只在后面当总舵。

　　王银怡长得很漂亮，而且爱女扮男装。她常穿一身乳白色的西服，戴白色礼帽，穿白色皮鞋，打着黑色的领结,给人一种潇洒无比的感觉。她说父亲没儿子,自己只好把自己当儿子为父亲分担生意。王银怡在汴京读书时是个品学兼优的学生,讲一口好英语。她常与同学们到番菜馆吃西餐,与洋人们混得很熟。所以穿衣也就西洋化,爱穿西服,学洋人喝鸡尾酒,吃牛排。当时洋漆还未受国人青睐,王银怡就大量进货,而且价格低廉,后来认识到洋漆比较省劲又便宜,便开始用洋漆。仅此一项,"天顺恒"就发了一笔大财。

人有了钱,就要异想天开,王银怡也不例外。她觉得两个姐姐已出嫁,自己早晚都是人家的人,父亲的这片家业迟早会改名换姓。每每想起这些,王老秉就极其伤心。为安慰父亲,王银怡竟决定娶妻养子,为王家传下一条根。

这可真是破开荒!一时间,周口城内外哗然。可王银怡不管这些,让人买下一个穷家女,娶进了府内。为让众人开眼界,她还举行了隆重的婚礼,用雪铁龙将妻子接到府内。她自己西装革履,手牵大红绸结与新娘拜了花堂。婚后不久,她专程跑到天津育英堂抱回一个婴儿,取名王继业,算是王家有了后人。

娶来的女人叫海妮儿,因家贫自愿卖身嫁给王银怡。婚后二人如同姐妹,抱回王继业后更是像亲眷三口。人们都认为王银怡娶妻要子后肯定要嫁人,可令人失望的是,王银怡一直女扮男装,与海妮儿过着"夫妻"生活,养育着他们的儿子。逢重大场合,王银怡还常带夫人前往。王老秉见女儿为自己娶了"媳妇",又有了"后人",很高兴。加上王银怡很会经营,生意兴隆,几年过后,又买了两处宅院,开了两处分庄,可谓家大业大了。有一年周口商务会改选,王银怡竟被选上了副会长。

王继业长到8岁那一年,王老秉病逝。王银怡以儿子的身份,扛幡摔"老盆",将父亲送到坟茔,又为父亲建了一座很大的墓碑。周口人皆夸王银怡是千古奇孝女,一个不可多得的女中豪杰。

王老秉逝世一年后,王银怡突然贴出了招亲告示,扬言要给海妮儿招亲,并特意分给了她一桩生意和一处宅院。由于条件优厚,海妮儿很快寻到了一个年龄相当的男子,而且王银怡亲自为他们主持婚礼,办得很隆重,轰动了颍河两岸。

海妮儿结婚后,王银怡也还了女儿身。那一年,她已年近27岁。由于

女票

还了女儿身，便退出了生意场，将自己的几处货庄全部拍卖，换成了银子，几天以后，就离开了周口，去了上海。

从此，再没人见过王银怡。

只是海妮儿不忘王银怡的恩德，所经营的货庄一直使用"天顺恒杂货店"。

湖 北 帮

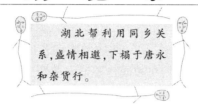

湖北帮利用同乡关系,盛情相邀,下榻于唐永和杂货行。

　　清朝中叶,来周口经商的湖北人最多,从巨商富贾到六行八作,有数千人之多。所以当时周口有"小武汉"之称。

　　湖北人善于联络,团结性强,很会做生意,人称"九头鸟"。开初,他们来周口经商的人虽多,但实力并不雄厚,于是,便联络湖南、广东、广西的商人在周口建立了一个湖广会馆。后来生意做大了,便撇掉广东,改称两湖会馆。湖北帮在周口经营的进口货以杂货为主,出口货主要是皮张。河南有死人烧纸的习俗,湖北帮狠抓这一点,选派大批专人赴江西,对所生产的火纸、时仄纸、老仄纸、点张纸、毛边纸、铜版纸、仿纸以及大黄表、小黄表等等,采取包销手段,使外人无法插手,而运到周口,又是独家经营,财源滚滚不言而喻。

　　除此之外,他们还会利用政治影响。当时有个名叫金国军的湖北人,官至清廷御史,因故曾贬家为民,后来问题澄清,官复原职,赴京上任,途经周口,湖北帮利用同乡关系,盛情相邀,下榻于唐永和杂货行。时值曾国藩镇压捻军坐镇周口,因金与曾是同科进士,于是便简装前往大营拜会曾国藩。守门清军见金国军青衣小帽,不与通报,金国军大怒,呵道:"报也得报,不报也得报!"守门清军见气势不凡，急忙报于曾国藩。曾国藩听说金国军来访，忙趋步相迎，盛宴款待。次日，曾国藩回拜金国军，前边鸣锣开道，一对对"肃静"、"迴避"牌为前导，步兵马队浩浩荡荡簇拥着曾国藩的八抬大轿，一直来到唐永和杂货行门前，却未见金国军前来迎接。一个家人把曾国藩迎到客厅，急忙通报，而金国军依然慢条斯理，只顾洗脸漱口。家人一再催促，金国军像是有意在老乡面前摆谱，说："叫他等一会儿不要紧的。"直到整理完毕，才来到客厅会见曾国藩。在交谈时，曾国藩要为金国军在驿馆安排住处，金国军说："不必不必，此店乃敝同乡所开，对我照顾十分周到，还望阁下转告地方官员，对敝同乡要诸多关照。"这次互访的消息很快传出，很快在周口引起轰动，使湖北帮名声大振。

殊不知，这唐永和与金国军是姑表弟兄。金国军自幼住在姑姑家，与唐永和同窗读书。唐永和虽未功名，但也满腹经纶，深谙官场一套。为给曾国藩拉上关系，等金国军走后，急忙借机备厚礼去拜望两江总督。老奸巨猾的曾国藩为官严谨，拒不收礼，对唐永和说："老夫在周家口执行公务，拒不收礼是众所周知的，得罪了！不过你我都是两湖老乡，遇到什么事情尽管说，我会尽力帮忙的。"唐永和一听曾国藩不收礼，颇显尴尬。但他毕竟精明，知道这是曾国藩第一次接见他也可能是最后一次，便觉得机不可失，忙施礼说道："在下今日拜见大人，就是有一事相求。"曾国藩问："何事？"唐永和说："我想求大人墨宝，为小店题匾额。"曾国藩一听，迟疑了片刻，心想这厮果真了得，在这儿等我。只是刚才为拒礼说了几句客气话，不好再拒绝，只好答应，挥笔写下了"唐永和杂货行"六个大字，交给了唐永和。

唐永和如获至宝，连连叩谢，然后回到行里，让人制出金匾，选了良辰吉日，请来唢呐乐队，敲锣打鼓将匾挂上。为广为人知，唐永和原打算让鼓乐队连闹三天，不想当天夜里，金匾却被人盗去了。

因为是两江总督的题匾，丢失了不好交代，所以唐永和不敢报官，更不敢再求曾国藩，只好自认倒霉。他本想借此匾扩大自己的经营和势力，不想到手的大鲤鱼瞬间就溜掉了，一切都成了泡影。

直到这时候，唐永和才知道自己的聪明与曾国藩相比，可谓是小巫见大巫，转了一大圈儿，其实还在人家手心里。

从此，唐永和做生意更加本分，再不敢有别的妄想。

第 二 辑

猫　　王

商　幌

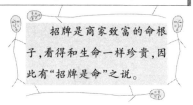

招牌是商家致富的命根子，看得和生命一样珍贵，因此有"招牌是命"之说。

　　商幌，又称望子，一种在商店门外表明所卖货物之招牌或标识物，俗称"招牌"，其来源甚早，战国时期的《韩非子》中说："宋人有沽酒者……为酒甚美，悬帜甚高。"可见当时的商人，已经开始运用广告宣传所卖的货色了。商店悬望子，是古老的商业风格，最初特指酒店的布招，即酒旗，别称很多，又叫酒招、帜、酒幌、酒望、布帘、酒子等。以布坠于竿头，悬于店铺门首。有些大商号为显示其资金雄厚，特用金箔贴字的招牌或黄绸招牌，称之为"金字招牌"。招牌是商家致富的命根子，看得和生命一样珍贵，因此有"招牌是命"之说。"招牌砸了！"这是商界最严重的事，商店倒闭了，信誉没了，致富也就无望了。

　　商家需要商幌，制商幌的行业也就应运而生。陈州最早给人制招牌的是"永昌斋"，店主姓倪，叫倪飞，年轻时在上海求学，专攻工艺美术，回到陈州，就开始了"永昌斋"，后改名"世缘斋"，专给人制招牌。

　　永昌斋制招牌大致分三类，一是文字幌（在长方形或正方形木板上书写、镌刻文字,有的涂金或贴金以壮观);二是形象幌(用所售商品模型);三是象征幌(采用商店的象征物)。永昌斋除去给人制招牌外,还可帮新商号起店名。如当年陈州的茂恒、汇昌、永盛兴、志合兴、步步高、淮不居等,大多出自永昌斋。

倪飞因当年在上海求学,见多识广,而且脑瓜儿活,办事很具创意性。用现在的话说,就是会策划。民国初年陈州建起第一个电影院,放映《火烧红莲寺》,当时电影还是无声影片,影院钱经理请倪飞作广告,倪飞拟的广告词为:"观看的人太多太多,最好您别来!"然后画出巨幅广告画,放在繁华处。据说连放一个月,场场爆满,连乡下人都赶车前来观看,使得陈州城热闹空前。

陈州影院的钱经理是位女士,叫钱莹,上海人,因为倪飞在上海求过学,会说上海话,所以二人很有共同语言,钱莹这才让倪飞为她搞策划。由于策划成功,又加上陈州人是第一次看电影,所以钱莹赚了不少钱。赚了大钱的钱莹就很感激倪飞,常请他看电影下馆子。当然,有关影片宣传这一块儿,也全包给了"永昌斋"。

由于接触频繁,一来二去,二人就产生了感情。

只可惜,二人都是结过婚的人,只是钱莹的丈夫远在上海,管不着,而倪飞的妻子就在眼前,二人的频繁接触自然会引起她的警觉。加上钱莹长得漂亮,又是南方人,在陈州城很招眼,不少纨袴子弟都想打她的主意。由于自己没打着,让倪飞小子拣了便宜,所以就十分忌妒,专派人跟踪倪飞和钱莹,然后再向倪飞的妻子递信息。倪飞的妻子根据信息去捉奸,一捉一个准。抓住了就要大闹一场,不久就闹得满城风雨。

倪飞的妻子姓穆,叫穆菁,其父穆少奎是祥和店的老板,也算陈州城的"大亨",有钱有势,担任着陈州商务会的副会长。如此有头脸的人物,门婿做出此种伤风败俗之事,自然很丢面子。穆少奎为了帮女儿,派人去上海叫来了钱莹的丈夫朱阿福。不想朱阿福是个无能的男人,听说夫人与人私通,非但不恼,反而很高兴。他来到陈州,见到钱莹,张口就向钱莹要钱,并以此敲诈。夫妻二人在价钱上争来争去,最后钱莹以5万元就搞定了朱阿福,买了个自由身。朱阿福得到5万元后,高高兴兴地回了上海,临走时还专到穆府一趟,表示感谢穆老先生传递给他的发财信息,穆

57

女票

少奎望着这个不知廉耻的无赖，差点儿气晕过去。

万般无奈，穆少奎只好劝女儿向倪飞提出离婚。

可是，穆菁虽然恼恨丈夫有外遇，却从未想过离婚。不离婚的原因是因为她太爱倪飞，并且已有了孩子。当年倪飞追穆菁时，倪、穆两家的门户根本就不相对。穆家的祥和绸庄是陈州数得着的大商号，而倪飞的父亲只是开个刻字店。后来是穆菁非倪飞不嫁，穆少奎才答应这门亲事。只是令穆菁做梦也想不到的是，倪飞会半路爱情转移，这真真使她伤心透顶。但尽管伤心到如此地步，她仍是不愿离婚。她认为倪飞只是一时糊涂，通过自己的努力他一定会回心转意的。可是，尽管她到处跟踪捉奸，倪飞和钱莹仍是约会不断。又由于她情报准确，越闹越厉害，就形成了恶性循环，倪飞越来越恨她了。

终于，倪飞向她提出了离婚。

穆菁一下傻了！

穆菁哭了一天一夜，从此不吃不喝，以绝食抗议倪飞的离婚要求。她认为当初自己能下嫁倪家，已是对倪飞的高抬。这一生，惟有她向倪飞提出离异才是正常的！而现在，竟是倪飞首先提出，很让她面子上过不去。她原想用绝食吓唬倪飞，唤起他的良知。不料那倪飞像是铁了心，于她死活而不顾，竟与钱莹公开同居了。这一下，不但穆菁没了辙，连穆老先生也束手无策了。

最后，穆少奎决定撵走钱莹。

可是，如今想赶走钱莹已不是一件容易的事儿。钱莹有着南方人特有的聪明，不但会经营，还会摆平各种关系。她来陈州不久，已将地方长官和驻军头目全部买通，就包括穆少奎这位商务会副会长，当初还接受过人家的礼物，后来赚了钱，她更注意打通各种关节，很快挤进了陈州上流社会。再加上电影是个新事物，很受人们的欢迎。钱莹像是看中了这步棋，听说是准备买地皮建个人影院。如果她真的如此，怕是想动她更非易事。

为了女儿，穆少奎想到了暗杀。

这当然是无奈之举，但为了女儿的后半生，穆少奎不得不走这步险棋了。

孙方友传奇小说

可令穆少奎做梦想不到的是,正当他要寻人暗杀钱莹时,钱莹却在当天夜里被人杀害,尸首抛进了城湖里,是被一个打鱼人发现的。

顿时,陈州城一片哗然。

穆少奎更是大吃一惊,原以为是女儿找人干的,可一问穆菁,穆菁摇头不止,而且听到钱莹的死讯后,先是惊愕,然后三呼万岁,披头散发地奔跑出去,高喊着要去寻找倪飞。

殊不知,倪飞那时候已走进了陈州法院,控告穆少奎暗杀钱莹的罪行。陈州的大街小巷里,舆论四起,没有人不相信是穆少奎害死了钱莹。

该案涉及几多要害人物,陈州法院自然极其慎重,动用了几多侦探,结果却令人大吃一惊,凶手竟是远在上海的朱阿福。原来这朱阿福是个破落子弟,吃喝嫖赌五毒俱全。钱莹初嫁时,朱家还可以,后来家道中落,钱莹便凑钱来陈州发展。倪飞与钱莹的桃色新闻公开之后,朱阿福觉得有机可乘,上次来陈州诈得五万元之后,很快挥霍一空。后听说钱莹要在陈州筹建电影院,便起了歹心,决定利用穆家这一错觉,先杀死钱莹,然后再继承钱莹的遗产。不料陈州侦探也不是吃素的,没出十天就将其揪了出来。

59

事情本该结束,岂料那倪飞觉得破镜难圆,坚持与穆菁离了婚。由于没有了钱莹,穆菁的情绪缓冲不少,便答应了倪飞的离婚请求。

令人遗憾的是,二人离异后都未再婚,穆菁带儿子回了娘家,倪飞将"永昌斋"更名"世缘斋",又开始重操旧业。陈州人都说"世缘斋"是倪飞为纪念钱莹而起,倪飞也从不否认。

倪飞和穆菁都长寿。他们的儿子长大以后,可以互递信息,来回走动,但至死二人未能复婚,成为陈州一奇。

女票

黑　　店

店主人匿其尸首,抢其钱财,神不知鬼不觉,阴间就多了一个屈死的幽魂。

陈州城西关有一家姓任的,老几辈开黑店,直到任孩儿这一代,才被一个外地后生查出线索。

任家开黑店,多是谋害有钱的外地客商。黑店不黑,外装饰比一般明店还阔绰大方服务态度好。这就使人容易上当。黑店有规矩:兔子不吃窝边草。这并不是仁义,而是怕露馅。平常,他们的人缘也极好,见人三分笑,不断用小恩小惠笼络四邻。四邻就认为这家人施善好舍,是菩萨心肠。怀有菩萨心肠的人怎么会去害人呢? 街人们从不往坏里想。

外地生人,来了走了,一般不引人注意。来了,住下。店主甜言蜜语一番,施点小酒小菜什么的,温暖得让人失去戒心。等到后半夜,客人人困马乏,店家就下手。任家杀人从不用刀,多用绳子勒,人死不见血腥,悄无声息地便把活做了。然后让人化装成那死者模样,仿着那人的口音,高一声低一声呼唤店家开门登程。店家也佯装送客,大声问:"客官,这么早就走呀? "

"客官"很烦的样子,嚷:"快开门吧! "

店主人和气地说:"别丢了东西呀?"接着开门,在"走好走好"的送客声中,沉重的脚步声远遁……其他客人于朦胧中皆以为那"客人"起早走了。虽素不相识,但昨晚住在小店里几个人心中还是有点儿记忆。现在人走了,记忆里也便画了个"句号"。殊不知,那真正的客人已永远留在了店里。店主人匿其尸首,抢其钱财,神不知鬼不觉,阴间就多了一个屈死的幽魂。

民国初年的一个秋天,来了个外地后生。十七八岁小伙子,一表人才,而且很富有。他来陈州,一住数日,几乎住遍了陈州的大小客店,直到最后几天,才轮到任家客栈。

那天晚上月明风静,小伙子刚到任家客店门口,就被任孩儿婆娘迎了进去。任孩儿婆娘年不过三十,长得妖艳不俗,给客人又沏茶又打座,问候一番,便领那后生进了客房。客房为单间,在角处。室内摆设令人炫目,新床单新被褥,全是苏杭绸缎。四墙如雪,幽香四袭,很是讨人朦胧。那后生望了一眼任孩儿婆娘说:"今日太乏,我想早睡,只求店家打点儿酒来水来便可!"说着,放了大包小包,沉甸甸的银钱撞地声使任孩儿婆娘双目发绿。

61

女

票

任孩儿婆娘报给任孩儿之后,便满面春风地给那后生又送热水又送酒菜。事毕,递了个媚眼问:"要我作陪吗?"

那后生摇摇头,说:"我困得很,睡了之后别让人打扰就是了!"

半夜时分,任孩儿和婆娘开始下手。他们用刀子轻轻拨房门——房门未上,想来年轻后生太大意。接着,他们闪进屋里,又急忙转身关了门。他们都戴着面罩,摸到床边,认准了后生睡的方向,任孩儿就用绳子猛套其脖颈,舍命地勒。那女人也扑在客人身上,死死压住。勒了一会儿,只听"扑"地一声,那头竟落了地,血也喷了出来。任孩儿顿觉不妙,急忙点灯一瞧,禁不住大吃一惊!原来被窝里不是人,那头也不是头,而是一个装满鲜血的猪尿泡!

任孩儿夫妇见事情败露,惊慌失措,急忙拿出刀子,四下搜捕那后生,决心要杀人灭口。可找遍了店里店外的角角落落,就是不见那后生的影子。

任孩儿夫妇做梦也未想到,那后生早已在昨晚化装溜出了任家客栈。这时候，他正在另一家客店里大睡，夜里发生的一切他全然不知。因为是试探，而且探了数日均以失败而告终，所以这一次也没格外费心思。

他是专程寻找杀父凶手的。

十年前，他的父亲来陈州收黄花菜，一去不返，他母亲就推测是让人给杀害了。他长大之后，决心为父报仇，便带钱来到陈州，打听了许久，才从一个菜贩子口中打听到一点儿信息，断定父亲死于黑店，便开始破案。可陈州之大，客店无数，怎能辨出黑白？后生思考良久，终于心生妙计。他一夜住双店，一天试一个，总归能找到。

这就找到了！

找到黑店的时候那后生还不知道。天一明，为不让新店家看出破绽，便急忙赶到店里看结果，若无什么事，就急忙收起把戏以免惹人笑谈。后生走进任家客店的时候天已大明，任家店的店门也早已大开。他佯装着早起外出散步的样子回到卧房，一开门，惊诧如痴，任孩儿婆娘正手持钢刀对着他。他刚想掉头逃脱，不料任孩儿从门后突然窜出，一把把他拽入室内，旋即用脚踢上了房门。

后生面对两个恶魔，竟少了惧怕，问："十年前，你们害过一个三十多岁的寿州人吗？"

任孩儿想了想，回答："是的！一个来陈州收黄花菜的寿州佬！你怎么知道？"

"他是我的父亲！"

"那就去见你爹去吧！"

话落音，刀子已穿进后生的胸膛。那后生望着杀父仇人，双目间闪着胜利之光，说："娘，孩儿总算为爹报仇了！"

那后生躺在了血泊里……

任孩儿夫妇杀了人，急忙锁了房门，单等天黑以后再匿尸打扫房间。不料早饭刚过，就来两个人嚷嚷着要住这单间。任孩儿夫妇好劝歹说不济事，两个人撞开房门，一看内里惨状，扭脸揪住了任孩儿和他的婆娘！

原来，那后生在县政府里花了不少银钱，每天晚上报店名报房号，天明由县政府派当差化装前去见他一面……

只可惜，两个当差来晚了一步！

消息传出，陈州人个个如呆了一般，很少有人相信这一切是真的！但事实俱在，又不得不信！尤其是任家四邻，一想起任孩儿夫妇平常对他们的好处，无论如何也没有恨起来！

这大概也与任家黑店杀的多是些外地人有关！

猫　王

孙方友传奇小说

为阴谋得逞，他训猫变狼，而且用黑布蒙笼，让猫转向……

　　陈州这地方儿鳖邪，家家不爱养猫。原因有二：一是怕猫脏，在屋里又屙又尿，吃了老鼠，三下五除二抿几下胡须，便钻人的被窝儿，无论大姑娘小媳妇，概钻勿论。二是怕猫叫春。发情期来了，叫声如恶鬼，耽误自家人睡觉不说，还影响了别人。后来又听说猫能传染狂犬病，更使陈州人不敢恭维。当然，这是后话。清末，古陈州人大概是不懂得这些的。

　　不养猫并不等于不用猫。耗子横行起来，就去租猫。租上一天两天，等消灭了耗子，又物归原主。有人租猫，就有人专养猫。城东关的贺老七，就专干这种营生。

　　贺老七年近七旬，身板还算说得过去。年轻时候，他在县衙里当狱卒，专看死囚。由于活恶，竟没有娶下妻室。上了年纪，县衙里把他撵了出来。为糊口计，他就当上了猫王。

　　贺老七养猫很多，加起来有一百多只。而且他多养山猫，说是山猫个儿大，出口凶狠，杀伤力强，一百多只山猫分开装在几个猫笼里，白天不让它们出来。有人租，

需要提前打招呼,一天不喂,等猫们饿得齐哭乱叫了,便叫人把猫笼抬回家,放了十多只猫一齐上阵,如饿虎出山,以迅雷不及掩耳之势,能把耗子们杀得落花流水。猫吃饱了,就把掐死的老鼠叼出来,放在一堆。天明贺老七来索猫领赁钱,连死鼠一同拿走。回到家,把老鼠扒皮剔肉,放在一个暗房里,喂那些赁不出去的猫。

　　贺老七喂猫极为神秘,从不让人知道猫们是如何地抢吃老鼠。猫吃饱了,自动走出来,伸伸腰,打个哈欠,然后就钻进笼子里念猫经。

　　因而,一到午间和晚上,贺老七的小院里就响起一片诵经声。

　　由于贺老七的猫训练有素,战斗力强,所以前来租赁的人也多。逢着大户人家清仓,能把一百多只猫全租去。等仓门打开,猫笼也同时打开,百只猫倾巢出动,如狼嚎虎啸,如万马奔腾,其波澜壮阔之势真真令人咋舌!

　　生意如此之好,贺老七从不漫天要价,只求天天进几个,够吃够穿就得!所以,贺老七的人缘也特别好。

　　这一年,陈州遭了水灾,田野里的老鼠一下聚集到县城里成了一大灾难,连县衙里都成群结队。时而竟能爬到知县的牙床上,在灯下明目张胆地与县长大人大眼瞪小眼儿。知县大怒,第二天便命衙役去租猫。衙役和老七相熟,对老七说:"老七哥,恭喜呀,连县太爷也要租赁你的猫了!"

　　贺老七笑笑,问:"租几笼?"

　　来人答:"全租!而且出高价!"

　　贺老七又笑笑,说:"三天以后吧!"

　　那衙役走后,贺老七开始关门谢客,说是猫已被县太爷租去,等几天再来!接着,他开始给猫禁食,连禁三日,直饿得猫们在笼里乱蹿乱跳,双目如灯,对着贺老七龇牙又咧嘴。直到三天的最后一个晚上,贺老七用黑布蒙严猫笼,让人抬到县衙里。

　　那时候县太爷正在暖阁里抽大烟,听说贺老七的猫队来了,急忙命人说:"让他把猫抬到这儿来,先杀杀这院里的耗子!"

　　猫笼抬进了暖阁。十几笼一拉溜儿排开,很是威武。

　　贺老七进屋拜见了知县,说:"大人,马上就要放猫出笼,人员不得乱动,以免惊动了耗子!另外,你老千万不可掌灯!"

"为啥？"知县不解地问。

贺老七说："猫为夜眼，有灯光反而减了视力，越黑越能逮耗子！"

知县赶走众人，然后吹了灯，暖阁里一片漆黑。

贺老七这才走出来，急促地打开了十多个猫笼。一百只饿猫如黑箭般穿进暖阁，只听知县一声惨叫，接下来便是猫们的撕咬声……

贺老七笑笑，四下望一眼，倒剪手走出了县衙。第二天，暖阁里出现了一副白森森的骨架！

猫们竟活活撕吃了一个"大耗子"！

消息传出，惊动朝野。古时候有五鼠闹东京的传说，而眼下竟出现了百猫吃知县的事情！朝廷很是惊讶，急忙派人到陈州查办此案。

这钦差姓王，叫王直，官拜刑部尚书，到达陈州，就开始了审案。他命人带上贺老七，问他为何让猫吃了知县？贺老七说："我的猫只吃耗子，从不吃人！"王大人一拍惊堂木，呵斥道："事实俱在，还敢狡辩，打！"

贺老七上了年岁，又被关了几日，没打几下，就直直地咽了气。

王大人觉得极扫兴！

主犯身亡，王大人只得到贺老七的小院里走一番，为的是给皇上有个交代。小院儿不大，靠城湖。一百多只猫还在，关在笼里没人管，早已饿红了眼。见到王大人，个个眼放凶光，又嚎又叫，在笼里扑来扑去，吓得王大人瑟瑟发抖，忙命人把猫全部击毙。

残杀过后，小院里静了下来。

王大人这才走进贺老七的卧房里。卧房里很简陋，破衣破被，没什么值钱的东西。王大人失望地走出房门，突然闻到一股股死鼠的恶臭。四下寻找，最后发现那股恶臭来自靠山墙的一个暗房里，便命人打开。暗房极暗，王大人掩鼻进去好一时，才看清室内的物什。这一看不打紧，吓得王大人连连后退了几步！

室内是一尊泥塑，头戴官帽，形如真人。王大人怔然片刻，走过去掀开官服，才发现泥塑的肚子原来是空的，空空的肚腹里放着几只剥了皮的死鼠。散发出阵阵恶臭。

王大人怒发冲冠，禁不住骂了一声"刁民"！他断定这贺某杀害知县是蓄谋已久的！为阴谋得逞，他训猫变狼，而且用黑布蒙笼，让猫转

向……可他为何如此残酷地进行报复？百思不得其解,王大人只得长长叹了口气。

消息不胫而走,陈州百姓奔走相告,捐款厚葬了贺老七,而且给他的猫们也钉了一百多具小棺。出殡那天,万人空巷,头前是一具大棺,随后是一百多具小棺。白色的棺木迎着阳光闪烁。远瞧似一条白色的巨龙,其势十分浩荡!

后来,陈州又来了一位知县。新知县上任第一天,就下令不得养猫。违者,格杀勿论。

从此,猫不见了,耗子们又横行起来!

如此轰动的大事件,县志上却一直没有记载——很是令人费解!

女票

宋　散

万般无奈,宋栻只好贴出告示,说是能治好宋散之病者,赏大船两吊。

　　宋散,号方圆,陈州颍河人。家中以驾船为业,颇富有。宋散性格豪放,自幼喜谈天下大事。藐视科举制度,被称为"不羁之才"。中日甲午之役,中国惨遭失败,割地赔款,丧权辱国,朝野震愤。消息传到颍河小镇,宋散义愤填膺,遂投笔从戎,入开封兵工厂当工程兵。管带熊尚思爱其才,送其入湖北武备学堂学习。1907年经老乡陈佛推荐,赴日留学。初入振武士官学校,因他课间阅读《孙子兵法》及反日排满之革命刊物,被校方开除学籍,后转学法政。在日期间,加入同盟会,1909年回国,投入反清革命运动,在陈州创办了讲武堂。

　　只可惜,天有不测风云,人有旦夕祸福。宋散年轻有为,又走上了革命道路,本该成为叱咤风云之人物,不想刚刚把陈州讲武堂创办起来,他却突然患了肺病。

　　肺病为传染病,在民国初年的那个时候,还为难治之症。万般无奈,宋散只好回故里颍河镇养病。为不传染别人,宋散让父亲给了他一只船,整天住在船上,吃饭由固定家人送到船上。船是中等船,有上舱和下舱。宋散把

藏书也运到船上,整日看书习字。

只是,宋散人静心不静。心不静自然是忧国忧民引起的。一副病躯躲在斗室,又如此操劳国家大事,那病不但不见轻,反而越来越严重。

为此,其父宋栻非常着急,因为他就这么一个儿子。以宋栻之意,并不想让儿子去充当什么国家栋梁,只求他掌管好家业,今生今世享不尽荣华福贵也就可以了。人生在世,非常短暂,造反闹革命什么的,到头来还不是为了光宗耀祖,享受福禄?纵观历朝历代,造反者多是先打着为劳苦大众的旗号,到头来自己作威作福。现在已有福享着,何必再去拼刀见血争那么个一席之地?宋栻的这种老观念自然与宋散的新思想格格不入,父子二人常常为此争论不休。不想争来论去,宋散总是以失败而告终,原因是他拿不出造反或革命胜利后自己不享荣华的证据。而宋栻却能从汉刘邦开始到朱洪武到李自成到洪秀全,嘟噜噜列举出一大溜儿。

当然,这些都是过去的事了。

现在宋散有了病,宋栻再不敢去与儿子争论这些无聊的东西,一切尽着他,只求他早日康复。只要有个好身体,革命也好,造反也好,总算自己有个儿子活在世上。换句话说,一大片家业也就有了继承人。

可万没想到,一不能革命,宋散就像没了神,整日长吁短叹,要死要活。无论是袁世凯称帝或是蔡锷的二次革命,都能使他眉头紧锁,一连几天不吃不喝。

为此,宋栻很着急。

为治儿子的病,宋栻请了许多名医,但由于中草药性情缓慢,宋散的病仍是不见好转。

万般无奈,宋栻只好贴出告示,说是能治好宋散之病者,赏大船两吊。

两吊大船,足可使人享乐一生。

但是,告示贴出许多天,一直没人敢来揭榜。为此,宋栻很纳闷,亲自跑到河边,向宋散说:"我四处贴了告示为你求医,可至今没人敢来揭榜!难道你的病真没救了吗?"

宋散苦笑了一声,说:"你所请的医生,只能给人治病,为小医;而革命者专给国家治病,为大医!小医岂敢见大医?"

这本是宋散苦中作乐的戏言,不想传了出去。传来传去,就传进了河匪赵狗子的耳朵里。赵狗子听了觉得很有意思，就想见见宋散。一天夜里，赵狗子带人突然包围了宋散的那条船，连人带船朝下游拉了百里路。

赵狗子走进宋散的船舱，望了宋散一眼，说："宋先生，我能治你的病！"

宋散笑道："肺病为不治之症，连洋人都没办法，你怎敢口出大言？"

赵狗子笑笑，从腰里掏出了"老烧鸡"手枪，对宋散说："再难治的病，一死百了！你的病已没救，不如早死少受罪！"

宋散吃惊地问："我与你无冤无仇，你为何要加害于我！"

赵狗子说："杀你不为别的，一是为着你家的一片家业，二是想让你懂得一个道理！"

宋散不解地问："什么道理？"

"你自称是为国家治病的大医，眼下国家患了不治之症，想医好它除非改朝换代！你呢，也患了不治之症，想治你的病除非让你死！这道理是一样的！"

宋散笑了，对赵狗子说："你能从我的一句戏言中给我找到良方，真是感激不尽！"

赵狗子也笑了，对宋散说："请你放心，我会对得起你父亲的！你作为他的儿子没完成的任务都由我来替你完成！"说完，赵狗子勾动了扳机，宋散就倒在船舱里。

几天以后，赵狗子挑选了一名和宋散长相差不多的土匪，化装成宋散，连人带船送回了颍河镇。

由于事先安排，那匪徒见到宋杕，又叩头又作揖，然后叫了一声爹。

宋杕见儿子失踪复得，很是高兴，但仔细观察之后，又觉出了不对劲儿，就对赵狗子说："这不是我儿子！"

赵狗子问："何以见得？"

宋杕说："我儿子骨瘦如柴，刚几天怎能恢复得如此快?再说，我家散儿知书识礼，满腹经纶，怎会如此粗俗？"

赵狗子笑道："就为他知书识礼，满腹经纶，口口声声造反革命，惹得你不得安宁，我才给他换了心肺！他患的是不治之症，除非摘心换肺才会有如此奇迹！"

　　宋杖一听，心中已明白了八九分，对赵狗子说："你治好了我儿子的病，我一定按榜上所说给你两吊船！只是老夫有一事相求：求你还我亲儿子的尸首！"

　　宋杖偷偷埋葬了宋散，给那个假儿子找了一个十分漂亮的媳妇。宋杖对儿媳说了实情，并要她协助自己劝说假儿子为宋散报仇。那化了装的匪徒为独得一片家业，就暗杀了赵狗子。

　　假宋散有财产有娇妻，像是从地狱一下上了天堂，很知足。暗暗下决心改邪归正，一心朝好上学，像重新换了一个人。

　　不想宋散原来的同党们听说宋散康复，都来劝说宋散回到陈州讲武堂闹革命。假宋散笑着对同党们说："我已经革命胜利了！"

女
票

祭　台

白道长伸出双掌，运气发功，吹得茶几上的茶碗盖儿一阵舞蹈。

民国初年，陈州举办起第一个电影院。

老板姓钱，叫钱莹，是个很漂亮的女人。她与上海来的一位电影商合伙，在朱家街一宅院开始用手摇机放映无声电影。无声电影又称"默片"。陈州放"默片"没放几年就开始了放有声片。据《陈州县志》载，陈州首映的第一部有声影片为《火烧红莲寺》。为迎接这电影"新纪元"，钱莹没少花力气，使得陈州城里到处张灯结彩，票价爆炒了三四倍，引来了四乡八镇的百姓前来观看，一天六场，很是热闹了一阵子。

有声电影放映不到两年，钱莹就赚了一座新影院。

钱女士创建的这座新影院名为"大光明影院"，内部设施和放映设备极其完整，有楼座有包厢，是专从上海绘制的图纸，当时堪称豫东第一院。钱莹原是唱梆子戏的演员，唱红没几年，就被同行在茶水中偷放耳屎毁了嗓子，万般无奈才改行放电影。新影院开张那天，陈州政府官员和名人绅士都来祝贺。由于钱莹是演员出身，所以也沿用戏院开张的规矩，实行了"祭台"。

"祭台"又称"破台",多是首演戏班的事儿。他们敲锣打鼓,烧香放炮,一个花脸和一个红脸各抱一只白公鸡和红公鸡,焚香叩拜之后,于锣鼓声声、鞭炮阵阵之中,班主开刀杀鸡,然后用鸡血绕台一周,目的是在演出中以求平安。电影是科学的玩意儿,钱经理就用当时最先进的方法来祭台。她请来驻陈部队的军乐队,敲洋鼓吹洋号。在洋鼓洋号声中,放响鞭炮,烧起高香,然后杀鸡绕台一周。因为电影是西洋玩意儿,钱女士惟恐光敬中国神不能保平安,于是也把教堂的洋神父请到台上。当鞭炮声军乐声都停下来的时候,那神父身穿神袍,手捧蓝皮《圣经》走至台中,用凝重而苍老的声音开始布道:

"看哪,我今日将祝福与诅咒的话都陈明在你们面前。你们若听从耶和华你们上帝的诫命,就是我今日所吩咐你们的,就必蒙福。"

据说神父为寻找这段对口"神录",翻了大半夜《圣经》,最使他犯愁的是《圣经》上没有关于电影戏剧方面的神谕,最后终于在《诗篇》中找到这段话。神父对钱莹说,电影是让看的,神在那个时候就说"看哪",足以证明上帝的先知先觉。通篇《圣经》上就这么一个"看哪",终于被我给你找到了,你将得到神的庇护!

祭台结束,放映了新片《桃花泣血记》。

中午,是盛大宴会。宴会结束,钱莹频频送客,最后,又用自己的马车亲自送神父回了教堂。

钱莹做梦未想到,她竟因此而得罪了"中国神"。

"中国神"在陈州的代表自然是太昊陵内的道人们。道长姓白,道号云台山人。白道长说,如果钱女士信基督,请神父完全应该。如果钱女士在祭台时不烧香叩头,完全西洋化,这也无可非议!可偏偏这钱女士信中国神又信西洋神!一个人两种信仰,也没什么不可以!可为什么如此盛大的活动专请西洋神父而不请本土道长呢? 如此轻蔑吾神,是可忍孰不可忍! 所以,白道长就觉得咽不下这口气。

既然咽不下这口气,就要报复报复,因为这已不是个人的事,必须让那个女人知道吾神之威力!

白道长极有本领,尤其气功,堪称一绝,若运气发功,一挥手就可以致钱莹于死地。白道长当然不忍心用这种卑劣的手段对付一个女人。如

果那样的话，也太让人瞧不起。白道长想了几日，终于想起了一条妙计。

白道长派人对钱莹说，他能治好她的喉咙，让她重返舞台。

钱莹一听说白道长能医好自己的嗓子，惊喜万分。作为一位曾经红极一时的名伶，突然失去表现自己的本能，那真是痛苦之极。当年的鲜花和掌声仿佛突然再现在眼前，激动得钱莹热泪盈眶。她原想自己这一生完了，只能把强烈的表现欲转移到放电影上了，不想突然又有了曙光和希望。因为她久闻白道长身怀绝技，他说话是不会打诳语的，更何况是他自己找上门呢？于是，钱莹再也耐不住，急忙到北关太昊陵拜见白道长。

白道长非常热情地接待了她，而且毫无保留地向她说了医治的办法：那就是把暗算她的那个人找出来，然后掏出那个人的耳屎配药。

钱莹一听傻了眼。她虽然能猜出害她的人是班子里的姐妹，但具体是谁，那就不是一句话能说清的了！更何况事情已过去了好几年，原来的戏班人员更迭不断，去哪儿查找那个人呢？

钱莹面透失望之色，向道长诉说了难处，然后又问道："道长，除去此法还有无其他之灵法吗？"白道长说："办法是有，只可惜已经晚了！"钱莹一听，瞪大了好看的眼睛，切切地问："此话怎讲？"

白道长叹了一口气，问道："听说你半个月前曾经祭过一次台？"

"是的！"钱莹回答。

白道长又叹了一口气，说："如果祭台的时候我在场，于锣鼓鞭炮声中让你大喊三声，我就能趁机推出你喉中的那股浊气，让你的嗓音复原！"说着，白道长伸出双掌，运气发功，吹得茶几上的茶碗盖儿一阵舞蹈。

钱莹看得呆了。她简直不相信自己的眼睛，像遇到了神仙般双目发直。就这一招儿，使得钱莹口服心服，完全相信道长不是吹牛，急忙磕头，求道长再想出其他办法，并说如果道长若能让她重返舞台，她愿把全部资产捐赠太昊陵。

白道长无情地闭了双目。

钱莹懊悔不迭，逢人就说："祭台时为什么不请白道长呢？祭台时为什么不请白道长呢？"

消息传到神父的耳朵里，神父很是愤怒，声嘶力竭地叫："中国神太自私,太自私!让人供香火不算,还想参加什么宴席!"为此,他专程找到钱莹,说你的嗓子是声带出了问题,并不是别人用耳屎害的!你若不信,掏出你的耳屎来!

钱莹就怔怔地掏出了耳屎。

那神父把钱莹的耳屎放进茶碗里,搅搅,一口气喝干,然后对钱莹说:"如果我的嗓子哑了,就证明那道长说的不是混账话!"

几天以后,神父的嗓子丝毫没有变化。布道的时候,声音仍然凝重而苍老,像撞击一口古老的钟。

钱莹这才信了,当即接受洗礼,成了一名虔诚的耶稣教徒。

当天夜里的灯下礼拜结束之后,那神父站在耶和华面前,在胸前画着十字,深深向神忏悔:

主啊!请饶恕我的罪过……

葡　萄

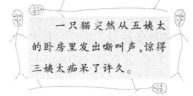

一只猫突然从五姨太的卧房里发出嘶叫声,惊得三姨太痴呆了许久。

五姨太走出卧房的时候已是半下午时分。西边的太阳很亮,透过厢房的脊顶斜撒下来,使五姨太沐浴在一片辉煌之中。奴婢小凤扶她躺进竹椅,她那腆起的大肚子凸得像座肉坟,绛紫色的旗袍撑得紧绷绷的,在秋阳里闪烁着五颜六色的光芒。

三姨太走了过来,胖胖的身子像一个晃动的圆桶。一只猫突然从五姨太的卧房里发出嘶叫声,惊得三姨太痴呆了许久。头上有落叶飞下,地上一片金黄。

五姨太望了三姨太一眼,笑了笑闭了双目。小凤向三姨太请安,接着就规矩地站在了一旁。三姨太对五姨太说:"五妹,你就要生了,当心着凉!"

五姨太睁开双目,骄傲地瞭了一眼三姨太,说:"我身子壮,不怕的!"

三姨太摇了摇头,担忧地说:"我们都生了女儿,老爷把希望都寄托在你身上了!这一片家业,没儿子是保不住的!"

五姨太艰难地欠了一下身,向小凤伸过去手。小凤急忙从盘里拣出一串晶莹的葡萄,放在了那白皙的手掌

上。那葡萄个大紫红,布满了白色的霜。五姨太爱吃长满白霜的葡萄。五姨太轻轻摘下一颗,噙在嘴里,并不嚼,扭头望了望太阳,然后对三姨太说:"三姐,夕阳好美呀!"

那时候三姨太已经走了。三姨太的脚步缓慢又沉重,肥胖的身影倾斜在甬道旁的冬青树上,像一片阴云移过。

五姨太望着三姨太的背影,对小凤说:"她们都好嫉妒啊!"

小凤说:"若太太生个大少爷,这一片家业由您掌管,她们就更眼气!"

五姨太笑了笑,脸上充满了自信,沉浸在美丽的憧憬里。

小凤又递过去一串葡萄。

太阳徐徐落下,几只雀儿在榕树上跳荡,啼叫声让人陷入寂寞。后花园的假山处有人哼梆戏,像是四姨太的声音。

五姨太已经吃完了第二串葡萄,悠然地给四姨太敲击着拍节。她仍是微闭双目,白皙细嫩的手轻轻敲打着竹椅扶手,样子十分陶醉。突然,她惊叫了一声,一下子瞪大了眼睛,面色骤然发黄,眼睛里透出可怕的光晕,喃喃地说:"……我怎么肚子好疼?"

小凤惊喜地双手合十:"怕是您要生了吧?"

五姨太怔了一下,接着,豆大的汗珠儿便从额头上冒了出来,一副艰难的样子。

天擦黑儿时分,五姨太在痛苦中生下死婴,然后就七窍流血中毒身亡。陈州大富豪陈百万听到噩耗,痛不欲生。他双目冒火,上前揪住小凤,恶恶地问:"你让她吃了什么?"

小凤胆战心惊,怯怯地回答:"我……我只让她吃了葡萄!"

"哪来的葡萄?""全是太太们送的!"

陈百万招来前四位太太,抱出死婴,哭着说:"看吧,这就是我的儿子!可怜他未出生就遭了毒手啊!"说完,他面色铁青,环视着四个太太,然后命小凤端出她们送给五姨太的葡萄,命令道:"你们全部把它们吃下去!"

串串葡萄上都沾满了白霜。四个女人一同跪下,呼喊道:"冤枉呀!"陈百万冷笑一声,说:"你们如此狠毒,我还愁讨不到女人吗?"

……大丧办过的第二天,小凤就被陈百万纳了妾。不久,小凤怀了身孕,坐在竹椅上,肚子隆得像一座肉坟。

只是,小凤从不吃别人送的东西,尤其是葡萄!

月　夜

小姐依偎在绣楼的栏杆上，焦急地等待着宁老师的到来。

孙方友传奇小说

月光一地。

小姐依偎在绣楼的栏杆上，焦急地等待着宁老师的到来。夜露随风飘移，打湿了小姐俏丽的脸庞。楠木雕栏也湿漉漉的，散发出木质腐朽的气息。绣楼下的竹林在摇曳，窸窣声令人心惊肉跳。

往常的时候，宁老师都是从竹林处的高墙上翻过来，然后轻轻地走上绣楼，学一声猫叫，她闻声开门，一下子就扑到了他的怀中。

幽会的时辰早已过去，四周仍是一片静谧。昆虫在草丛里"唧唧"如歌，夜猫子发出瘆人的怪叫。父亲房里的灯光还亮着，那个枯瘦的身影贴在窗户上，像一个幽灵。

突然，一个黑影从高墙上跳下来，声音很轻。小姐顿觉面颊发烫，急忙闪进卧房掩了门，拧小了美孚灯。绣房里暗淡下来，只有紫罗兰的清香在流动。

楼梯上响起了脚步声，继而那响声又蔓延到走廊间。有人敲门，声音微小而急促："小姐，小姐！"

没有猫叫声——小姐警惕地拧亮了美孚灯，厉声

问:"谁?"

"我,是我!"来人气喘吁吁,声音有些异样。"是宁老师让我来给你捎个口信!"

"宁老师?"小姐神经质地站了起来,急急开了房门,神色紧张地问,"他呢?他在哪里?"

来人没及时回答,闪进屋里扭身又掩了门。小姐这才看清来人是城北关小学校里的打杂工,外号叫田鼠。小姐曾去过宁老师那里几次,认得。从田鼠的神色里,小姐预感到发生了什么事,急问:"快说呀,发生了什么事儿?"

田鼠惊慌地朝四下望了望,然后才说:"刚才警察局把宁老师抓走了!"

"什么?"小姐如炸雷击顶,怔然如痴,喃喃自语,"不可能,不可能!"

"千真万确!"田鼠说,"他还让我告诉你,日本人马上就要占领这里,并要你跟我们走!"

"去哪里?"

"我也说不准!上头只命令我们先在城西关帝庙集合,然后有人接应!"

"那宁老师怎么办?"小姐面色有些苍白。

"你放心,上头会想法营救他的!咱们快走吧!"

"不!"小姐木然地说,"我要去见他一面!"

"这样可危险呐?"田鼠着急地说,"你千万不能去呀!"

"不!我一定去!"小姐镇静片刻说,"我又不是你们的人,怕甚?"

"唉呀!你和宁老师的事他们全知道!为着你父亲的面子,只是暂时放你一马!"田鼠紧张得直跺脚。

"我说过了,我不是你们的人,绝不会跟你们走!我要的是爱情!爱情,你懂吗?"小姐目光坚定地望了望田鼠,缓了口气说,"不过,我也不会伤害你们!你走吧!"

田鼠无奈地叹了一口气,惋惜地看了小姐一眼,松松地下了楼梯。

远处的犬吠声消失之后,偌大的庄院又静了下来。小姐艰难地走下绣楼,来到了父亲的书房。

父亲正在看一本什么书,听到脚步声,问:"是飘飘吗?进来吧!"

飘飘小姐走进了父亲的书房。

父亲望了女儿一眼,问:"深更半夜,找我什么事?"

"宁老师被捕了!"小姐哭着说。

"他被捕与你何干?"父亲的面目沉了下来。

"我们……"小姐难言地勾了头。

父亲干瘦的身子抖了一下,双目如电,在女儿的身上射来射去,许久了,才叹气道:"你不要钟情于他!他不但是争取你而且又是为了利用你!他是在执行任务!可他做梦未想到,我也在利用他!"

"我不管这些!我只要爱情!"

父亲沉重地踱步,气氛显得压抑。

"爸爸,事情到了这一步,望您老救他!"小姐乞求的目光令人心热。

那个枯瘦的身影终于止了晃动,惘然长叹:"晚了,太晚了!刚才他们打来电话,说那个姓宁的宁死不屈,已被活活打死了!"

"什么?!"小姐突然冷了脸色,目光一下凶狠起来,恶恶地盯着父亲,咬牙切齿地说:"你知道吗?你们这种愚蠢的行动妨碍了我们的整个计划!"

父亲惧怕地望着女儿,如遇陌生,吃惊地问:"你……你是什么人?"

女儿冷笑一声,狠狠地说:"看在你是我父亲的面子上,我饶了你这一次!我只告诉你一句话,在这种年代,请您不要相信任何人——包括你的女儿!"说完,小姐一下变得矫健起来,倏地消失在了夜幕里……

吕　娘

赵楞子一见胡月秀双目
发着阴险之光,表情沉稳,便
知这是位城府很深的女人。

　　陈州南有一大户人家,姓展,叫展银,是位商人。家中有商船,多做大生意,从漯河运些京广杂货到淮河一带,然后又运回淮北特产到颍河上游。展银家中有原配夫人,可惜年过不惑仍不开怀,为续上香火,展老板便纳了一妾。小妾姓吕,叫吕娘,年方十九,亦属小家碧玉。吕娘原来也是中等人家,只因家道中落,才不得不与人为妾。那一年展银已年过不惑,纳妾不久,便带船去了蚌埠。

　　展银的原配姓胡,叫胡月秀,为人阴鸷,嫉妒心强。她原想自己没后,要娘家侄子来过继,不料展银不同意,却纳了吕娘。吕娘虽然为人善良,但胡月秀容不得她。展银外出做生意刚走没几日,她就偷偷把吕娘卖到了周口万贯楼。

　　周口万贯楼是个名楼,它出名的原因就因为它是座妓院。那时候吕娘已怀有身孕,被卖到万贯楼后,老板要她接客,她认死不从。老板当然不允,让人苦打,不想打得她裆下流血,方知她已怀有身孕,打流产了。万般无奈,老板只好让她休息养伤,待伤好后再做议论。

当时在万贯楼有一个老妈子,是在厨房的帮厨。这老妈妈姓赵,妓女们都喊她赵妈。赵妈为人善良,自从吕娘小产之后,生活起居皆由赵妈侍候,并慢慢摸清了吕娘的身世,很是同情,便对吕娘说自己家中有个儿子,与吕娘年岁相当,很是本分,如果吕娘同意,她愿意将她赎出苦海。吕娘正在绝望之时,当然感激不尽。赵妈找老板娘说了自己的心愿,说是如果老板娘同意,自己愿终生为仆。老板娘望了赵妈一眼说你已年过半百,就是终生为仆还能干个啥?再说,那吕娘盘儿长得好看,是棵摇钱树,你怎能赎得起?赵妈一听傻了眼,但这话又不便给吕娘说,只是唉声叹气,一脸愁容。恰在这时候,赵妈的儿子来看赵妈。赵妈的儿子叫赵楞子,二十几岁,长得方方正正。赵妈见到儿子,就向儿子诉说了心事。赵楞子想了想说:"我要先见吕娘,看值不值得赎一回身。"赵妈说:"就是值得,你能有什么办法?"赵楞子说:"值得了就用心去办!人生在世,只要想认认真真去办一件事情,总会有办法的。"赵妈见儿子双目里闪着光芒,就领他去见了吕娘。赵楞子一见吕娘生得秀丽端庄,很是爱惜,便悄悄对娘说:"你要好生照看吕娘,我要定她了!你去找老板娘敲个价吧!"赵妈吃惊地问:"你去哪儿弄那么多钱?"赵楞子笑了笑说:"活人还能让尿憋死?由我想办法就是了。"

赵妈为救吕娘,就遵照儿子的意见二次找到老板娘,说出了赎出吕娘的决心。老板娘想想吕娘性格倔强,若逼得紧了她可真有寻死的可能,还不如转手赚上几百两银子为妙。主意一定,老板娘张口就要五百两纹银,还价不卖。赵妈无奈,便回厨房向儿子说了价钱,不料赵楞子不在乎,手一摆说:"五百就五百吧,三天以后交钱领人。"

原来这赵楞子平常本本分分,却是个很有心计的人。他从娘口中得知吕娘的身世后,便觉得有机可乘,心中就想冒一次险。当天他从万贯楼出来,并未回家,径直奔了陈州城南的展家。那时候展银还未回来,赵楞子在展家门口转了几圈儿之后,才叫门说是要见展夫人。

胡月秀一听有人点名要见她,很是惊奇。因为自从将吕娘卖掉之后,她一直心神不定,一怕展银回来查询这件事,二怕吕娘娘家有什么人出来抱不平。现在果然有人找上门来,又不能不见,深怕别人说自己做贼心虚,便接见了赵楞子。赵楞子一见胡月秀双目发着阴险之光,表情沉稳,便知这是位城府很深的女人。为先发制人，赵楞子对胡月秀说："你不认识我吧？"胡月秀瞟了赵楞子一眼，摇了摇头。赵楞子笑笑说："我叫赵楞子，周家口人，没什么大能耐，平常只爱管个闲事，帮官府当个'包打听'，吃个闲饭……"胡月秀这才认真望了赵楞子一眼，说："是不是你抓了我什么把柄，想要几个钱花？"赵楞子听了暗暗吃惊，忙说："夫人是个明白人，吕娘已将她的事情向我诉说，她已怀有身孕，是你们展家的骨血。妓院老板娘知你展家有钱，把她护了起来，说是单等展老板回来拿重金替吕娘赎身！"胡月秀听完这话，面部掠过一丝惊诧，但极快又消失了，对着赵楞子大度地笑笑，问："你有什么高见，需要多少钱，不要兜圈子，都说出来！"赵楞子咽了一口唾沫说："夫人如此爽快，我也不瞒夫人。只要夫人想摆平这件事儿，我自有妙计。是这样，我娘在万贯楼当帮厨，这阵子专待候吕娘，如果我用点儿打胎药什么的将吕娘肚内的孩子打出来，那老板娘就不会再向展老板打这张牌，而是会把她当做摇钱树，到时候，就可任凭夫人向展老板交代了。"胡月秀面目阴沉着，好一时才问："你要多少？"赵楞子说："五百两纹银。"胡月秀又问："让我如何信你？"赵楞子回答："我只是替夫人着想，自己挣个闲钱，信我，就干，不信，拉倒！"胡月秀久久地望着赵楞子，最后长叹一声，叫过账房，给了赵楞子五百两银子。

赵楞子拿到银子，急急回到周口，把吕娘赎了出来。等吕娘满月身体康复，二人便拜堂成了亲。

不久，展银做生意回来，见府内没了爱妾吕娘，很是奇怪，便向胡月秀询问吕娘下落。胡月秀说自你走后，吕娘不守家规，与一仆人私通被捉，我一怒之下，将仆人赶走，将她卖给了青楼。说完，叫过来证人一大群，证实她说的正确。只是这展银知道胡月秀的为人，心中仍有存疑，只是暂不表露。几天以后，他借故到周家口谈生意，专程去万贯楼找吕娘。他向老板娘使了银钱，要求见吕娘一面。老板娘不知底细，一五一十地向他说了实情。展银一听吕娘为自己坚守贞节，并曾怀过自己的骨血，震惊万分。他急急找到赵楞子的家，要求见一见吕娘。赵楞子一听是展银来了，想借机敲竹杠，说吕娘已是他的妻子，岂能随便见外人。展银是个明白人，急忙掏出一包银子说："你只要让我见她一面，说上几句话，这一包银子全归你！"赵楞子见钱眼开，便安排展银与吕娘见了面。吕娘一见展

银，哭着向展银诉说了自己的不幸。展银证实这一切全是胡月秀的阴谋之后，气冲冲回到家中，先将那些做伪证的家人叫来审讯，等证据确凿之后，便狠狠地将胡月秀毒打一顿，然后就将其休了。

胡月秀娘家也是大户人家，胡月秀的哥哥也是个有头脸的人物，听说妹妹被人休了，觉得很是丢人现眼，便问胡月秀到底怎么回事。胡月秀自然不会说自己的错处，而是把责任全推到展银和吕娘身上。她更痛恨赵楞子不讲信用，使了别人的钱财而没把活做干净，并说这事儿她不让哥哥管，自己有办法将事摆平。

当天夜里，胡月秀就雇杀手将赵楞子杀了，并偷偷绑架了吕娘，将其卖到了界首窑子里。

这一切展银自然不知道，第二天他带了银子去赵楞子家想赎回吕娘，不想赵楞子已被人杀死，吕娘也不知去向。展银认定这一切都是胡月秀干的，便向官府将胡月秀告下。不料等差人去传胡月秀时，那胡月秀已悬梁自尽了。

万般无奈，展银只好四处派人打听吕娘的下落，等打听到吕娘下落的时候，吕娘已自叹命苦心甘情愿落青楼当妓女了。

展银万没想到事情会是这种结局。他觉得人生很没有意思，就将家产委托一个好友看管，自己则四处流浪去了。

玩　猴

"猴非人，人非猴，猴也人也，人也猴也！你把猴儿当人，又把人当猴，其妙无穷也！"

陈州为平原，没狼没猴没老虎。玩猴者多是从马贩子手中买到猴子。因为孙悟空为猴类，又当过"弼马温"，把"弼马温"叫做"避马瘟"，取个谐音，图个吉利，贩马一路平安，没病没灾，到家才能赚大钱。马卖了，剩下猴子没处放，便卖给玩猴人。

陈州南天的贺五，就是方圆有名的玩猴世家。

贺家玩猴，与众不同。一般人玩猴，多重"武"——让猴儿们翻筋斗，拿大顶。而贺家训猴，却是文武兼备。精彩场面是让猴当人。十多个猴子坐成几排，穿上娃娃衣，像小学生一般听主人授课。出道"1＋1"等于几的算术题，便有精明的猴子举手作答，然后跑到挂答案的地方取出一个写有"2"的字牌。贺家猴耍武也别具一格，让猴儿们穿上特制的戏服，排练一些情节简单的武打戏，或《三岔口》，或《双雄会》。一旦开打，锣鼓敲得有紧有急。猴儿们踩着鼓点，"男的"威武雄壮，"女的"忸忸怩怩，打得错落有致，很招看官青睐。

猴为山野动物，能训到如此地步，着实是一般人所不及的。因而,贺家猴戏堪称陈州一绝。

到了贺五这一代,玩猴儿已不去乡间,开始走向大城市。城里人有钱,平常极少见这等乡土货道,所以出手很大方。一场下来,洋钱能收半筐。

这一年,贺五带猴到了汉口。贺五是从芜湖坐船去的,下了江岸码头,便开始打圆场玩猴。当时岸上有几个洋人,见贺五的猴子穿红着绿,又蹦又跳,颇感好奇,也围了上去。

开场戏是"授课"。猴儿们规矩地坐着,贺五化装成先生的模样上了讲台。先是"之乎者也"地读古文,猴们也学着老师的样子,手拿课本,一齐牙牙学语,一齐摇头晃脑。只这一招儿,便赢得满堂喝彩。接下来,是算算术。贺五亮出纸牌,纸牌上写着"3 + 2"。一猴儿见题举手,然后走到挂答案的地方取出了"5"字,亮牌一周,换来了如雷般的掌声。贺五连连出题,猴们连连作答,无一错处。

全场沸腾。

洋钱如飞,白了一地。

这时候,一个好奇的洋人突然走进了圈内,跷起大拇指对贺五"OK"。接着,他走近猴儿群,爱抚地摸了摸前排几个猴子的脑袋,然后用生硬的华语对贺五说:"我可以当这些孩子的老师吗?"

贺五一听,白了脸色。因为猴们压根儿不会算题,一切都是以暗示行事的。而且这"暗示"只有贺五和猴儿们懂得,外人是看不出的。平常时候,一只猴只答一道题,且又是有先有后,不得乱套,一乱套必定丑相百出。中国人都懂得"没君子不养艺人"的古规,极少有人去揭穿穷艺人的谋生手段。而外国人不懂这些,于是这个洋人为满足好奇心便下意识地"踢场子"了!

贺五满头冷汗。

那洋人见贺五迟疑,顺手掏出大把的钱,笑了笑,扔在了地上。

贺五面色更灰。

许久了,贺五才抹了抹额头上的汗水,施礼道:"洋大人,我玩的都是些野猴,不懂人性的!为防它们伤了您的贵体,还请大人高抬贵手。"

那洋人怔了一下,禁不住回首望了望几个同伙。外围的几个洋人像

是看出了贺五的胆怯和破绽，齐声呐喊，为那洋鬼子助兴。

　　周围的中国人也看出了贺五的心虚之处，都为他捏着一把汗。因为当时汉口为租界地，洋人横行霸道，他们要干什么，是没人拦得了的！

　　果然，一个巡捕挤进了场内，先恭维地向洋人施了礼，然后恶恶地对贺五说："洋大人想玩一回，是看得起你！你小子别不识抬举！"

　　贺五深怕为中国人丢丑，急忙双膝跪地，求那巡捕为他向那洋人说几句好话，放他一马。不料那巡捕骂骂咧咧，敬爹般对那洋人说："大人，您老尽管玩，这小子由我负责！"

　　那洋人止了巡捕，走过去对贺五说："你的不要怕，我很喜欢中国的民间艺术，很愿意当一回这些孩子们的老师！"说着，径直走上讲台，学着贺五刚才的样子，出了一道"3＋3"的算术题。

　　猴儿们见换了个"洋教师"，禁不住一阵慌乱。

　　贺五吓得面色发绿，心想这下完了，丢丑就在一瞬间了！

　　他痛心地闭了双目……

　　突然，一阵暴风雨般的掌声把他震醒，抬头望去，只见一猴儿已准确地亮出了"6"的字牌。

　　贺五莫名其妙得张大了嘴巴！

　　接下来，那洋人连连出题，猴儿们连连举手作答，竟个个准确无误。

　　全场掌声如雷鸣，中国人欢呼雀跃，像打了什么大胜仗，扬眉吐气的呼啸声铺天盖地。

　　贺五惊诧如痴，像中了邪，木呆呆地瞪圆了双目。

　　那洋人终于玩过了瘾，掏出糖来挨个儿赏给猴儿们，然后走近贺五，举起拇指赞道："中国人，了不起！"

　　洋人们一走，观众一下围住贺五，赞叹声如浪似潮。有几个青年学生买了大红绸，给贺五和猴儿们披挂周身，然后敲锣打鼓，游遍了汉口的大街小巷。

　　一时间，贺五和贺五的猴儿们成了中华民族的骄傲。

　　贺五如入梦境，对猴儿们举动百思不得其解。等到欢呼的人流散尽，他禁不住给猴儿们跪了下去……

　　许久以后，贺五遇到一位智者，问其故。那智者拈须片刻，对贺五说：

"猴非人,人非猴,猴也人也,人也猴也!你把猴儿当人,又把人当猴,其妙无穷也!"

说完,智者走了。

贺五一夜未睡,直到黎明时方才悟出点儿什么。他跃身起床,召来群猴,突然向它们亮出一张"4+4"的纸牌——就在这一瞬间,他看到其中一个猴子敏感地战栗了一下。他走过去细看,一下惊呆了——正是平常训练亮"8"的那只猴儿!

贺五禁不住望了望挂在墙壁上的皮鞭子。

那条皮鞭上沾满了紫红色的血迹!

名　优

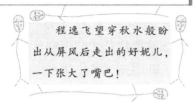

程逸飞望穿秋水般盼出从屏风后走出的好妮儿，一下张大了嘴巴！

　　许多年以前,陈州出过一位名优,叫好妮儿,人送外号"一锭金"。

　　金蜻蜓,银蜻蜓,

　　赶不上好妮儿一哼哼!

　　金蜻蜓和银蜻蜓都是豫东一带有名的河南梆子名旦。有一年, 陈州太昊陵起会,三班子大戏三角鼎立, "金""银"两位使尽了浑身解数,却未比得好妮儿在台上一个漂亮的拖腔叫板。

　　"叫板",豫剧行中叫"十八大板",多是演员在幕内唱,人未出台,唱腔已飘荡全场,待出台一亮相,更是一个满堂喝彩。好妮儿那一日开的是《樊梨花征西》,武戏。好妮儿饰演刀马旦樊梨花。金蟒银靠,背插帅旗,凤冠上抖动着翎子,碎步侧身上场,如同腾云驾雾,飘飘欲仙。行至正中,陡然亮相,气壮山河,演活了一代巾帼女豪杰。

　　事实上,"金""银"两位名角的演技也是极高的,只是他们都是男扮女装,赶不上好妮儿不反串。那时候,女演员极少。好妮儿家穷,11岁就正式拜师学艺,活脱卖了身。旧世道拜师要立红纸字据的,好妮儿拜师的红纸字据上用词非常残酷:愿将女儿送之学徒三年。中途逃跑,双方寻找;天灾人祸,各由天命;违犯师规,行为不正,打死勿论。很像一张卖身契。

订过契约,开拜"老郎神",也叫"祖师爷"。戏班子祖师爷的画像多是白面无须,头戴王帽,身穿黄袍。相传为唐玄宗李隆基。《梨园源》云:"老郎神唐明皇。逢梨园演戏,明皇亦伴演登场,掩其本来面目。惟串演之下,不便称君臣,而关于体统,故尊为'老郎'之称。"

好妮儿主攻帅旦,多演穆桂英式的巾帼英雄。那年代学戏,夏练三伏,冬练三九。进得班子里,先让你起一身疥疮,目的是怕你猪一样的死睡误了练功吊嗓子。一身硬骨头像要捏软了似的,身上总少不了青伤紫疮。好妮儿15岁登台,"开山戏"为《老征东》。虽然她年龄尚小,但上台步履有度,不温不火,目光射处,心驰神往,好妮儿一炮打响了豫东八个县。

18岁那年,好妮儿唱败了"金"、"银"二蜻蜓,名声更是大震,那时候她的表演已达到了炉火纯青百听不厌的地步,醉倒了许多戏迷。这些戏迷多是显达逸少,有车又有钱,没事干,连连赶场。戏班子挪到哪儿,这批人就赶到哪儿,成了阵容颇可观的一批固定观众和喝彩者。

这批戏迷中,有一个姓程的阔公子,叫程逸飞。那时候程逸飞刚中了秀才,不想迷上了好妮儿的戏,连书也不读了,跟着一群纨袴子弟随戏班子跑来跑去。别人迷好妮儿只是迷戏,而这程公子不但迷戏,也迷上了人。

好妮儿化妆登台,面如粉团,双目浓含秋波,能使每一个人想入非非。虽演武旦,既有帅气又有柔气,可谓刚柔相济,使得程逸飞掉了魂。

程逸飞决心要见一见真人好妮儿。

可惜,戏班子怕别的班子偷走了台柱子,对好妮儿管束极严。一般化妆时,都是暗化。出来进去,一簇一群长相差不多的姑娘,使你认不出哪个是好妮儿。程逸飞用尽了脑筋,最后给了班主许多钱,只求见好妮儿一面。班主得了钱财,便破例让程逸飞如愿一回。这天灯戏刚结束,班主就领程逸飞上了后台。那时候饰演穆桂英的好妮儿刚从舞台上下场,她望了一眼程逸飞,然后去一个暗处卸妆。像是等了一个世纪,程逸飞终于盼

出了卸了妆的好妮儿。

程逸飞望穿秋水般盼出从屏风后走出的好妮儿，一下张大了嘴巴！他做梦未想到，舞台上漂亮无比美如天仙的好妮儿竟是一脸麻子！

程逸飞简直不相信自己的眼睛，惊诧如痴，愣在了那儿。

好妮儿笑着走了过去，说："程公子，没想到吧？"

程逸飞这个时候才清醒过来，木呆呆地望着好妮儿，双目里充满了失望，失望得差点儿流出了泪水。

好妮儿很大度，并未把自己的生理缺陷看得过重，劝慰程公子说："我小时候患过天花，这大概就是命！我不想见什么人，就是不想把丑暴露于世，让我的舞台之美常驻看官的心头。你好奇多情，花钱央求看我一眼，而得到的只是美的毁灭！我本来并不想见你，听说你为我而荒废学业，真是大可不必了！"

好妮儿说完，望了一眼傻呆呆的程逸飞，又说："小女有一事相求，万请程公子不可把小女的本来面目传扬出去！"说完，好妮儿扭头走了。

程逸飞如做了一个噩梦，伤心地流出了泪水，从此再也不追赶戏班子，回家埋头读书去了。

三年以后，程逸飞中了举。程逸飞的父亲为庆贺这一大喜，特请戏班子前来助兴。被请的戏班子，恰巧就是好妮儿的。

程逸飞再不去看好妮儿。

一天晚上，程逸飞正在攻书，突听家人禀报，说是好妮儿前来探望公子。程逸飞先是一惊，后想虽然自己对好妮儿失望，但人家登门拜访，不能失礼，便急忙出门迎接。不料还未等他迈出书房，一个油头粉面的漂亮女子已经走了进来。

程逸飞认为是好妮儿的"包姐儿"，双目仍往门外瞅，那女子望着程公子的举动，抿嘴一乐，笑道："公子还往门外看什么？"

程逸飞好奇地问："怎么不见好妮儿小姐过来？"

那女子又笑了一笑，羞涩地说："小女子便是好妮儿！"

程逸飞望着面前天仙般的好妮儿，目瞪口呆，如坠五里雾中，好一时才问："原来我见的那位……"

好妮儿望了程逸飞一眼，笑道："当初为劝公子求得功名，是你父亲

女

票

特意……"

程逸飞如梦方醒，长长地"啊"了一声，连连地说："我就说！我就说……"

几天以后，程逸飞冲破父母的重重阻挠，决心要娶好妮儿。等聘礼送到，却被退了回来。程逸飞万分不解，心想这又是父母搞的鬼把戏，怒冲冲到了后堂，斥问父母为何如此三番五次刁难孩儿！程的父亲望着儿子，许久了才说："儿啊，这一回绝不怪为父！是你自己当初为好妮儿心灰意冷，凉了人家的心！自你以后，有一姓赵的公子也去央求见好妮儿，好妮儿故伎重演，让那个麻姑娘外出应酬，并劝其好好攻书，不想那赵公子并不嫌弃麻脸好妮儿！说是你在我心中已成了神，我不会因你有缺陷而嫌弃你的！躲在屏风后的好妮儿大为感动，接受了赵公子的爱情，并劝他好生读书，不得功名绝不完婚！这一回，那赵公子与你一同金榜题名，正在筹办婚事呢！"

程公子一听，懊悔万分，大叫一声，倒在了地上……

绝　响

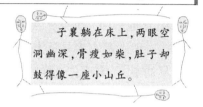

子襄躺在床上,两眼空洞幽深,骨瘦如柴,肚子却鼓得像一座小山丘。

陈州吕擢英,字子襄,乃光绪丁丑科进士,历官刑部主事、监察御史等职。在京居官的陈州人中,他属显赫的一位。

吕子襄兄弟三人,其为居中。兄长毓英,举人,曾任过江苏无锡知县。弟延英,在家主持家计。一家出一位官员,已属了得。现在出了两位,一位还是京官,势力之大,令人瞠目。凡来陈州经商的大贾,多想借重其势,赏予吕家以名誉股。盈余则坐以分红,亏损则毫不相关。因此,吕家积赀巨万,置良田百万余亩,市宅二百余处,为当时陈州首富。

据传吕子襄官至监察御史的第二年,慈禧太后曾赐书"寿"字,以示恩宠。不想他不会珍惜这份荣光,屡屡上疏痛陈时弊,揭疮疤似的令主子窝火。后来,连兴学堂、修铁路也反对起来,终于惹怒了朝廷,被罢官回陈州。回陈州的时候,乘京汉铁路火车过漯河,颇感舒服,禁不住说道:"原来火车很方便!"

但那时候,他已成了西落的太阳,再不能上奏折了。

93

女

票

吕子襄被罢官不久,其兄长毓英也被提前"致仕"——这当然与吕子襄这棵大树有关。三弟延英见两位当官的哥哥都回来了,就提议与他们分居,说:"家产都是我置的!"然后就以薄田数顷分与二位兄长,而他自己却独据膏腴美宅。老三如此霸道,很使老大吕毓英反感,对吕子襄说:"钱财无所谓,只是太看不起人!"并扬言要与吕延英打官司。吕子襄虽然对弟弟的势利也有看法,但毕竟是京官有水平,劝兄长说:"我们乃官宦人家,若去打官司遭人讥笑不说,怕是还没人敢接状呢!常言说,要想好,大让小。他是你我的小弟,让他一回又何妨?"吕毓英虽然比吕子襄岁数大,但毕竟只是个七品官。一般七品官多是见大官受气见民刮利的人物,所以执意要告。吕子襄见劝不下,笑道:"这样吧,兄长执意要告,小弟好赖当过多年监察御史,也算问官司的行家,就由我给你们问吧!"言毕,他搬来椅子,坐在正中,让兄长和弟弟坐在两边。三人坐定之后,吕子襄说:"现在已算升堂,两位谁先说?"

当然是原告先说。

原告吕毓英说:"老三说家产都是他置的,可没有我们的努力你怎能置如此多的财产?"

吕延英说:"我置的家产都明摆着,账本上一清二楚:良田百万亩,市宅二百余处。可你的势力在哪里?拿出来让我看看?"

吕毓英已没了官位,自然也拿不出"势力"。他哑口无言,只好用求助的目光望了望吕子襄。

吕子襄很大度,笑了笑,说:"当年康熙皇上置下大片疆土,可到这一代,万岁爷守不住,大片大片地割给了人家。创业难守业更难,大概说的就是这个道理。论说,三弟比当今皇上还有能耐,能借助我们的势力扩张他自己的势力,这就叫本事!事到如今,你已拿不出'势力',这官司就是你输了!"说完,吕子襄取出当年慈禧赐予他的那个"寿"字,送给兄长,并劝慰说:"你已告老还乡,势力随之消失是自然的,用不着悲观和气馁,剩下的只是想法多活岁数,落个长寿。"

吕延英经营多年,财势大握,上上下下全是他的心腹。吕毓英见二弟不帮他,深知自己身单力薄斗不过,只好自认倒霉,顺势下了台阶,然后躲进小城一隅,静心养性去了。

　　吕毓英毕竟只是一个小小芝麻官，来得不难弃之也不太可惜。而吕子襄就不同了，眼见官运亨通旭日东升之时，却因几句建议就完了，心中自然也出现很大的空白。在这段空白之中，有懊悔有惋惜有自怜也有希望。希望就是盼朝廷再度起用。一般说，他当初能宽容三弟吕延英与这个"东山再起"的契机很有关。也就是说，他要再度拿出"势力"让三弟亲眼看一看瞧一瞧，让他尝尝到底是势力厉害还是你那几亩地几间房厉害！可惜，这一天一直不来，越不来越生气，又加上他外表装着潇洒，为保持这种潇洒有气说不出，于是就得了个气鼓病。胳膊腿一天天瘦下去，那肚子却一天天大起来。

　　终于，吕子襄病笃，要求见三弟一面。

　　吕延英不忘二哥手足之情，急忙前去探望。子襄躺在床上，两眼空洞幽深，骨瘦如柴，肚子却鼓得像一座小山丘。他深情地望了小弟一眼，目光中流出对人世的眷恋。然后，他伸出紧握的双手，问弟说："你猜我拿的是什么？"延英急忙掰开瞧看，竟空无一物。子襄苦笑道："我死什么也没带走吧？"

　　"包括官欲吗？"延英问。

　　子襄吃力地点了点头。

　　吕延英冷笑一声，突然说："昨夜听到消息，大清朝完蛋了！"

　　吕延英话音没落，只听一声巨响，吕子襄的肚子竟爆炸开来——

　　千古绝响，一片辉煌！

知 县

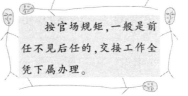

按官场规矩，一般是前任不见后任的，交接工作全凭下属办理。

　　清朝末年，陈州知县周正元因贪污受贿被革职，前来接任的是新榜进士柳一春。

　　柳一春是皖南人，出身贫寒，十年寒窗，全凭其舅父供养。柳知县二十几岁，少年得志，长着一副娃娃脸。据说他金榜题名第四，仅次探花，只因这张娃娃脸而被放任陈州做了七品，所以柳一春一肚子怨气，连上任日期也有意朝后推迟了几天。

　　周正元虽然被革职，但只是贬官为民，前来宣旨的官员临走时特意安排，要他做好与新任知县的交接事宜。

　　这就使周正元犯了难。按官场规矩，一般是前任不见后任的，交接工作全凭下属办理。如果是升迁，还未等圣旨来到，跃入高衙之心早已迫不及待，何谈再等新任交接？如果是平调，舆论一出下属就早已不听使唤，有积极的已开始打听新知县的住处，不远百里去"先入为主"了，哪还用得着你交接？现在周正元是贬官为民，面灰灰心灰灰，苦等新知县到来，岂不是更显尴尬？想

来想去,周正元觉得早日离开县衙为好。

　　主意已定,周正元便命人加紧收拾细软,备马备车,单等午夜启程,悄然离开陈州。

　　没想就在这时候,新任知县柳一春来到陈州。柳一春派头很大,距城50里外就派人来县衙报信,要求三班衙皂和八抬亮轿火速到达指定地点,然后一路夸官进陈州,并说上任伊始,沿途百姓可拦轿喊冤,继"包青天"之后,又一"柳青天"放任陈州了!

　　更令周正元不好办的是,他和柳一春同是皖地人,柳一春的来路正是周正元的归途。想来想去,周正元决定舍近求远,绕过柳一春。如此一来,时间也要提前,至少要赶在柳一春进城之前,离开陈州。他略略计算一下,柳一春到达陈州城的时间大约是午后太阳偏西时,而自己在这以前离开陈州城,正是城内最热闹的时候。如果一队车马走出县衙,必定引来市人观看,那灰溜溜儿的滋味儿自然不会好受。若是升迁,此时出城正是黄金时间,一街两行多有陈州头面人物相送,十里长亭有新任下官迎接,风光空前。退一步说,就是平调出城也不会受到冷落,平常得益于自己的人会不失时机地借此报答,敲锣打鼓,泪流满面,惜别之情溢满一街,制造出"好官难舍"的场面来!而眼下自己是贬官,可亲近的人怕受株连不敢亲近,积怨的对头恨不得再踏一只脚,谁还会把你当人看?是躲众人呢还是躲一人? 周正元来回踱着步子,思忖良久,最后决定不见柳一春,等天黑之后再迅速离开陈州城。

97

女

票

　　周正元把东西分批转移出县衙,躲在一家小店内,好不容易挨到天黑,正欲逃跑般出发,忽接家人来报,说是柳大人前来小店送行。周正元一听,顿觉头脑膨胀。因为降职的圣旨上有详细交接一说,如果柳大人问罪,就可以以抗旨罪将自己投入南监。再退一步说,柳一春就是不兴师问罪,而自己这两天像躲瘟神般躲着新任知县,如何解释呢?周正元正左右为难,不想那柳一春已带人走进小店,周正元抬头一看,新任知县年轻潇洒,娃娃脸上荡着青春的气息,很是倜傥英俊。周正元急忙迎上去,倒头便拜。柳一春一把拉住,笑道:"老大人羞煞我也!"

　　二人步入客房,家人倒了茶水,二人又寒暄一番,最后入了正题。周正元望了一眼柳一春,犯疑地问:"大人,你怎么得知我还没走?"

柳大人笑了笑，说："这多亏陈州百姓哩！"

"此话怎讲？"周正元满脸疑惑。

柳一春呷了一口茶，正色地说："我今天刚到县衙，就见街前围了不少市人百姓。我原以为是欢迎我来上任，谁知竟是等候欢送你！"

周正元尴尬地笑笑，说："大人不是耍笑老朽吧？"

"哪里哪里！"柳一春说，"我原以为是市人百姓给你办难堪，细问了，心中才豁然开朗：他们说，这些年来，那些高升的，平调的，哪一个不是吃饱拿足才离开陈州的！这周大人虽是贪官，但所贪银钱全被卡了，他才是惟——一个身不带分文离开陈州的，哪有不欢送之理？"

周正元一听，呆然如痴，望着柳一春发怔。

这时候，店外果然响起了锣鼓声……

富孀

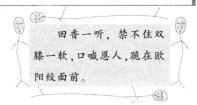

田香一听，禁不住双膝一软，口喊恩人，跪在欧阳绞面前。

陈州富孀林张氏，命毒，过门不久就送走了婆母，接着又克死了年纪轻轻的丈夫。丈夫林同上无兄下无妹，年过八旬的公爹又腿脚不好，一大片家业全都由她掌管。林张氏为守贞节，辞去所有的年轻相公和丫环，只留下一个六十多岁的老账房和两个十四五岁的男女仆童听使唤。

林家为陈州富户，家产很厚。林同有一堂兄，叫林果。林果好逸恶劳，早已把自己的家业荡干，见堂弟林同早逝，伯父年迈，便对林家财产垂涎欲滴。林张氏看到了这一步，很是担忧。为保家业，她决定再为公爹续一房妻室。只是公爹年迈，续来女人，会不会有后很令她担心。为此，她便派仆童请来了陈州神医欧阳绞。

欧阳绞年过半百，又精又瘦，据说他 11 岁就开始行医，爱看野史杂书，收集民间偏方，见多识广，素有神医之称。他听得林张氏说完了心思，略捻胡须，笑道："这不难！你让仆人在尿罐里装半罐草木灰，按实，放进林老爷卧房。如若你公公尿尿时能在实灰上冲出尿窜

窑儿,就说明老先生还能行房,能行房就会有后!"

欧阳神医走后,林张氏急忙派仆童按先生说的办了,然后把尿罐儿放入了公爹的卧房。第二天一看,那草木灰果真被尿水冲出一个窝窝儿!林张氏大喜,火速派老账房去周口为公爹买回了一个年轻女子。

买来的女子姓田,叫田香。田香原来是农家女,后被人卖入青楼,可她认死不愿接客,就被林张氏用高价为其赎了身。田香年轻漂亮,听说要为一个八旬老头儿从良,极不乐意。林老爷听说儿媳为自己纳了个小妾,也觉不妥,林张氏先对田香说:"论高贵我是大家小姐,论长相年龄我并不比你差!可你比我强,虽然公爹岁数大,但你总算是有夫之妇,我呢?你若不顺心,就权当和我一样在守寡!眼下这世道,有男人无男人只要有钱就是人上人——最起码这要比你在青楼里强万倍!好赖你是我的婆母,上上下下都喊你奶奶哩!"然后她又跪在公爹面前,陈述纳妾的重要性,说明除非林家有了后代才能彻底保住这片家业,老夫少妻终于被林张氏的精神所感动,拜堂成了亲。

一年后,田香果然喜得一子。林张氏给小弟弟起名叫林一。两个女人对林一视为掌上明珠。只可惜,林一还未满周岁,林老爷就撇下娇妻幼子步入了黄泉路。

林老爷一死,其侄林果就认为时机成熟,便开始争夺家产。他先买通官府,然后说伯父年过八旬,绝不会有后,田香所生之子肯定不是林家后代。接着递上状纸,状告林张氏和田香串通一气,招奸夫借种生子,妄图暗渡陈仓,巧夺林家家业。陈州知县得了钱财,便传来林张氏和田香,要她们招出奸夫姓名。田香一口咬定林一是林家后代,知县哪里肯信,说:"你言讲小孩儿是林家后代,如何证明?"田香当然不知道如何证明,顿时哑然,不知所措。林张氏却泰然处之,问知县说:"大老爷,田香是不是我家婆母?"知县说明媒正娶,自然无假。林张氏又问:"我是不是林家儿媳?"知县说你结婚时连我都喝了喜酒,哪个敢说不是?林张氏笑了笑说:"既然田香是我的婆母,就证明我们都是林家人。也就是说,财产本是我们的,何有巧夺之说?实言相告,这婆母是我为公爹找下的,如若要想招奸夫传宗接代,难道我自己不是女人,何必再害田香守寡?"知县说:"你虽是女人,但你夫君不在人世,招了奸夫生下孩子也不名正言顺,所以这事儿只有田香来承担！所以我要问：你们说林一是林家后代，何以证明呢？"林张氏反唇相讥："老爷说林一不是林家后代，又何以证明呢？"知县哑然，然后恼羞成怒，一拍惊堂木说："大胆刁妇，是本县审你，还是你审本县？"林张氏见知县发了火，急忙变了笑脸说："大老爷息怒，民妇这里谢罪了！"林张氏磕了一个头，又说："当初为公爹招亲，我特意请教了神医欧阳绞先生，是他让仆童试过公爹的尿力之后才断定公爹有后的！现在你我都不能证明小孩儿是不是林家后代，那就不如请神医欧阳绞来一趟，让他想想办法！"知县正不好下台，只得借梯下楼，派人请来了欧阳绞。

欧阳绞来到大堂，谁也不看，先给县太爷施礼，然后问道："大老爷传小民来大堂不知有何贵干？"知县给他说了情由，问他是否有办法验证林一的血脉？欧阳绞说："小民有办法试出真假，只是需要一口锅，一盒笼和一个炉子。"知县闻之大喜，急忙命人弄来所需，放在了大堂上。欧阳绞支好炉子放好锅，然后走到田香跟前，从田香怀里接过小孩儿，又走到知县面前，请知县铰下林一头上一缕儿发来。知县不知神医要干什么，一一照办。欧阳绞把林一发丝放入笼内，然后盖了，对知县说："人过花甲得子，婴儿的头发上笼一蒸便呈白色！"

那时候笼已上大气，众人屏了呼吸，直直等了一个时辰，欧阳绞才掀开笼屉，取出发丝。众人一看，那黑色婴发果真变成了白色。

众目睽睽之下，知县只得宣判林果败诉。

林张氏和田香免遭一灾，很是感激欧阳绞。为表心意，林张氏备了厚礼，让田香和仆童前往太和堂去瞧看欧阳先生。欧阳神医很客气地接待了田香，最后，神医从袖筒内捏出一缕儿黑发，对田香说："这才是你们家小少爷的头发！"

田香惊诧如痴，如梦幻般地"啊"了一声，疑惑地问："大堂上那白发……"

欧阳绞笑了笑，说："那林果不行正道，买通官府，令人可恶！衙役来喊我上堂时，已向我说了实情。为伸张正义，我剪下家父一缕白发，在上笼时来了个偷梁换柱，治住了那林果和贪官！"

田香一听，禁不住双膝一软，口喊恩人，跪在欧阳绞面前。欧阳绞惊慌失措，急忙扶起田香说："千万不要谢我，这一切都是你家少夫人提前安排好了的！"

虎　痴

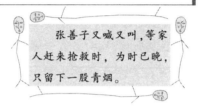

张善子又喊又叫，等家人赶来抢救时，为时已晚，只留下一股青烟。

　　甘剑秋，青年时在邮局供职，后入神学院深造，调任陈州美国圣公会传教士。传教之余，从事书法、绘画研究。有一次，山西帮米醋店"麟淮方"请甘书招牌，挥笔而就。鉴赏者踵门称道，说三字中惟"方"笔画少，又排其后，安排匀称得体，不显尾轻，又坠得好，殊非易事。消息传出，求书招牌者甚多。恰逢陈州警察局新楼盖就，要求书"陈州警察局"五字，楼高字大，大过桌面。五字排开，6米长之多。甘剑秋到北关太昊陵大殿，铺纸为之。先以白米撒纸面造出字型，然后请求陈州书坛高手反复斟酌定稿，然后用铅笔勾勒字出，很是成功。只可惜，甘剑秋如此孜孜精研书法之精神，终不受教会主管所赏识，反被斥为"不务正业"。同人屡见升迁，而剑秋则依然故我。一气之下，甘剑秋便辞职在家，开了个"装裱店"，为人写诏书联，以资弥补生计。在艺术上，亦开始以书养画。
　　甘剑秋画国画，开始挥毫广泛，最后专画虎。为画好老虎，他专到开封动物园购回一小老虎，每当喂食时，持肉逗其跳跃，千姿百态尽摄入"开麦拉"（照相机），并据

此绘出各式虎姿画。花甲之年,画出精品十二幅。十二虎,有虎踞龙盘者,有虎视眈眈者,有媚态百生者,有虎啸山涧者……忌命题为《十二金钗图》,各幅以王实甫《西厢记》中之词句为题。其中有"怎当他秋波那一转",系一猛虎上山侧首瞥视图,为十二幅精品之中最精品,人称《虎送秋波图》。那时候,人称"虎痴"的国画大师张善子正寄寓上海,甘剑秋闻之,便带着《十二金钗图》专程去上海求教。到了张善子的寓所,张大师热情地接待了他。可当他摊开《十二金钗图》时,张善子一下目瞪口呆。原来张善子也有《十二金钗图》,各幅也是以王实甫《西厢记》中之词句为题,而且其中那幅"怎当他秋波那一转"最为佳作。惟有不同的是,张善子的这套画曾托其弟张大千求江南名士曾农髯写过跋:"十二虎,踞者,立者,渴饮者,怒者,媚者,极数变态,皆异想天开。嗟乎!善子其善以画讽世者欤!"从画上时间看,张善子的画要早于甘剑秋两年有余。但陈州距上海一千里,而张善子的《十二金钗图》极少出展,甘剑秋绝不会盗意而作伪。为什么会有如此雷同呢?望着二十四只大同小异的老虎,张善子百思不得其解。

女
票

更为吃惊的是甘剑秋,张善子的十二虎是熟烂于心一气呵成,而自己这十二只老虎是积累了半生的心血。万没想到,无形中又撞到了人家的枪口上,而且是位大师,而且是张大千的哥哥!甘剑秋见张善子愁眉不展,更是尴尬。本意是来求师,不想给人家办了难堪。他懊悔地咂了一下嘴巴,仰天长叹:"天呐,怎么会雷同呢?"

毕竟是张善子水平高,见多识广,望了一眼窘态万状的甘剑秋,大度地笑笑,说:"艺术达到极致之时,雷同很可能是高境界的归途,比如《罗密欧与朱丽叶》和《红楼梦》!你我把虎当人,皆画到了极致,无外乎表现了人的喜怒哀乐,所以就雷同!又因为中国常以四、八、十二为画中吉数,而十二又多使人联想到《金陵十二钗》,所以也就有了这种高层次的雷同!"

甘剑秋对张大师的这段儿真心话很服气,更感谢张善子对自己的理解。二话没说,他抱起自己的十二钗就投进了火炉,张善子大惊失色,急忙上前抢救,不想甘剑秋死死抱住张善子,一刻不放。张善子又喊又叫,等家人赶来抢救时,为时已晚,只留下一股青烟。

张善子扭头抱住甘剑秋，禁不住老泪纵横，哭着说："剑秋兄，要烧应该烧我的拙作！我已功成名就，多一幅少一幅都不碍我的前程。而你，苦求一生，才得这套精品，怎好如此！"说完，抱起自己的"十二钗"，也要投入火炉。甘剑秋哪里肯依，上前抱住张善子，哭着说："张大师，我苦苦追求一生，能得刚才您一席话已足矣！同是十二钗，上书您的大名能身价百倍，更可留传后世！而我的十二钗虽好，但毕竟是初学涂鸦，怎好与大师抗衡！"

张善子很是服气甘剑秋的人品，当下留住甘剑秋住在寓所，日求一虎，两个月后，亲自出面在上海为甘剑秋举办个人画展，甘剑秋一举成名，很快成为了张善子第二，被人誉为"陈州虎痴"。

匪 医

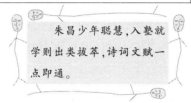

朱昌少年聪慧,入塾就学则出类拔萃,诗词文赋一点即通。

女票

　　陈州朱家,世代书香,不想到朱昌幼年时,家道中落,几濒破产。朱昌少年聪慧,入塾就学则出类拔萃,诗词文赋一点即通。稍长乡试中名列前茅,常手执书卷,会遇同生谈笑,口若悬河,在街邻间颇有名气。然而朱昌天生羸弱,12 岁大病,卧床数月,奄奄待毙。适逢武当山黄善道人来陈州,闻知登门诊治,朱昌才幸免一死。遂拜道长为师,每日随道人习道、习医、习文,20 岁那年进缺,被任安徽县知事,不想赴任途中,被土匪掳掠,匪中缺医,故不杀留用。

　　匪首姓周,叫周团,很尊重人才,特意给朱昌腾出一间房,抢来草药、医书和百屉橱什么的,算是开起了个小诊所。朱昌走不脱,索性安心习医,开始博览医典。什么《内经》、《医宗金鉴》和《本草纲目》诸类,皆熟记于心。

　　医道贵在临症,临床经验少,读书再多也是成不得名医的。一日,朱昌对周说:"如若常困我于此,将来会延误众弟兄的!"周团问何故,朱昌就直言相告,说是如此闭门修医,只能越学越庸,医不得大病的!周团想了想说:"那就让你回陈州开药堂,由我拿底金。只是弟兄若有疾,送到你那里,你可告密?"朱昌笑道:"我已成匪,告人不是如告己吗?如若不信,我可写一入伙的证据,交与你!"周团不客气,就让其写。朱昌写了,让人读一遍儿,然后按了手印儿,交于周团。周团笑笑,当下取出数银,交给了朱昌。

朱昌回到陈州,用周团的底金盖了药店,便开始坐堂。朱昌的药店名叫"隆昌药店",店面很阔。只可惜他在医道上没名气,生意很冷落。一天,陈州富豪顾仲之妾患病,让奶妈子请医,那奶妈便请了朱昌。民国年间,一般草药很便宜,但诊金不低,而且医生名气越大诊金越高。朱昌没名气,诊金自然也低。那奶妈子为了揩诊金之油才请了朱昌。朱昌到了顾府,给顾太太就诊后说:"此病无大碍,三五日内定痊愈!"

没想到两天后清晨,药堂刚开门,一群人围在门口,那奶妈子指了指朱昌说:"就是他!"一时间,"隆昌药店"周围街头巷尾皆被惊动,莫不哗然传道:"朱昌治死人了!"朱昌被挟持到顾府,财大势大的顾仲怒气冲天地指责朱昌是庸医,把他的姨太太害死了,要朱昌说个明白,不然就打个半死,然后送官严办。朱昌甚感惊诧,说:"这不可能!"顾仲说:"人都死了,还有甚不可能!"言毕,命人将朱昌暂押起来,然后处置。朱昌说要杀要剐应该要我再看看我开的处方。顾家仆人便取来药方让他看。朱昌细看药方后大声疾呼:"我没错!我的药方子没一点儿错!"

顾仲虽有钱有势,但不霸道,听过朱昌申辩,便命人请来陈州一名医鉴定药方正误。那名医看了药方,对顾仲说:"贵夫人之病未误诊,恐有他因!"顾仲急忙传讯奶妈子将药渣寻来查看,看了药渣后,朱昌顿足道:"快把熬此药的药罐也拿来。"奶妈子就遵嘱拿来了药罐儿,朱昌接过一闻,递给那名医说:"药无误,药罐有弊!"名医接过药罐闻了闻,颔首,问顾仲:"此罐以前作过何用?"这时候一老仆走进来,一看那药罐大惊失色:"那是给老爷太太们熬鸦片的罐子,怎能熬药!?"

真相大白,朱昌松了一口气。他捧着那药罐,感慨万千,最后对顾仲说:"能否把此罐送我做个纪念?"顾仲面红耳赤,急忙应允。为了赔礼,顾仲将披红的朱昌扶上礼彩黄包车,在陈州名医的陪同下,一路鞭炮不停地把朱昌送回了隆昌药店。从此,朱昌就响遍了陈州城。

孙方友传奇小说

周团听说朱昌在陈州打响,很是高兴,时不时来看看朱昌。弟兄们有了病,不是化装前来就诊就是把朱先生请进匪巢。朱昌进匪巢,大都是夜半时分,一旦快马来报,说是周爷有请,朱昌就毫不迟疑,骑上马就随人去了。到了匪巢,周团对朱昌很看重,称其为先生,每每看过病号之后,总要设宴招待一番,一日,酒过三巡,周团对朱昌说:"你现在已成了名医,不怕当匪烧身吗?"朱昌说:"周爷这是哪里话?我朱某说话一言九鼎,当初不就写了证据交给你了吗?"周团呷了一口酒说:"球,那是当初唬你哩,其实,那张纸早让我揩屁股了!"朱昌信以为真,笑道:"周爷毁了证据我更胆大,因为我不是匪了,就是被官府抓到,我也理直气壮!"周团笑道:"就凭先生这句话,我周某不枉来世一遭儿!因为从土匪窝里走出了一代名医!"没想周团言毕,突然变了脸色,正经地对朱昌说:"日后富豪家再请你就医,你要多留心,把院内的地图画出来,以备我劫舍用!"朱昌一听,双目发直,怔然了许久才说:"周爷,这样干恐怕不合适。"周团阴冷地笑笑,说:"不是为这个,当初我会拿本钱让你去开药店吗?"

朱昌心里明白,周团手中仍然放着那张证据,如果不干,后果不堪设想。不但毁了半世英名,怕是再不能救死扶伤。万般无奈,朱昌只好先应允下来。不想那周团十分狡诈,当下派一名亲信去到隆昌药店充相公,说是只要有富豪家相请,当晚必须画出地图,交给化装相公的这位弟兄。

这样一来,朱昌就搪塞不过,每有富豪家请医出诊,回来后必得交出地图一张。为此,朱先生就有了心病,每次出诊,双目老在人家的庭院里转来转去,只顾思想那张图如何勾勒,却分了医治病人的精力。慢慢地,朱昌的名声就低落了下去。

后来,陈州几家富豪连连遭劫,朱昌心中就很不安。他像犯了弥天大罪,给人看病显得双目游离,如鼠出洞。一日,周团染疾,又请朱昌去医治。朱昌想了想,就带上了当初让他扬名的那个药罐儿。

到了匪巢,周团一看朱昌带来的药罐儿笑了,对朱昌说:"当初为让你扬名,我费了不少心机!难道你还想二次扬名吗?"

朱昌一听,目瞪口呆,禁不住双手一松,那药罐儿"当"的一声摔了个粉碎……

女票

墨　庄

陈州墨庄建于清同治年间，据说是汉口著名墨庄庄主王晋元来陈州开设的分号。老板也姓王，名淦字丽泉，系徽州婺源人。陈州墨庄以做墨笔为主。墨分松烟和油烟两种。陈州制作的墨都是油烟。油烟原料主要是油烟和胶。油烟原从四川进桐油薰烟，由于造价高，后采用上海洋行从美国进口的油。胶是从广东进货，一直沿用了许多年。

墨的制作方法很简单，先用广胶下锅加水炖热，用油烟过细罗后与胶拌和做成坯子，再将坯子上笼蒸软，然后加水、麝香、丁香、茶叶水等，而后放到木墩上砸。最后用桑皮纸包装，论斤出售。

做成的墨锭起有大国香、十二神、朱子家训、翰林风日、滕王阁等名称，行销整个豫东和鲁南、皖北一带，年销墨万余斤。

陈州墨庄的笔多是采用湖南的笔杆，上海扬州等地的羊毛，羊毛分三川羊毛，长峰羊毛，乳毫羊毛。笔的盖毛则用兔毛制成的，狼尾紫毫（山中野猫毛），多用于小

楷笔。猪鬃、马鬃等多用于制做腕笔。

制笔的工匠中,项城汝阳刘的师傅居多。项城距陈州很近,只有几十华里。一般工匠只会制作,制出的笔多由家人走南串北去销售。王淦就把他们请到陈州,专收他们的名品。工匠造出笔来不愁销路,自然乐意。王淦虽不会制笔,却有一笔好字,对笔极有研究。工匠交出一批成品,他闭眼从中抽出一支,饱蘸"太华秋"香墨,在宣纸上挥毫一番,常用笔留下字白,见不掉毫毛,笔端散而不乱,柔软而刚,笑笑,便过了关。

王老板试笔的作品从不胡写,多是唐诗宋词,写出自己满意的,便收藏起来,让人装裱一番,送到汴京或北京上价。如果出现败笔或不中意的,就随手扔了。

据说王淦的墨宝只有在天津杨柳青是抢手货,原因是直隶总督袁世凯看在老乡的面子上,常去杨柳青购买王淦的鸿爪,没几回,就把王淦"吊"了上去。

但是,在杨柳青所卖的王淦作品,多是败笔或他本人不中意的。他本人也不知道自己在天津卫的价值——因为他压根儿就没往津门杨柳青送过字画。

用其作品赚大钱的,是一位姓胡的小工匠。小工匠叫胡典,很喜欢书法,尤其喜爱王老板的墨宝,常把王老板试笔时扔掉的作品收集起来,天长日久,收藏了几十幅。胡典就觉得这是一笔财富。怎样才能把废品变成钱呢?胡典想了许久,便想起了老乡袁世凯。

主意一定,胡典就辞去了陈州墨庄的活计,回到家中,精心制作了九套名品,从小楷到大腕笔。一应俱全,最后又用精制的笔帘卷了,拿着去了天津。

胡典到了天津总督府,对守门的士兵说自己是项城汝阳刘人,和袁大总督是相距没几里远的乡邻,今年特从家乡赶来,为总督大人送笔来了。把门的士兵皆知袁大总督的家乡观念重,不敢怠慢,急忙向里禀报。也该胡典有运气,那当儿袁世凯刚从京都与老佛爷诏对回府,正兴奋不已,赶巧听到有人送笔来了,笔为笔刀,是权力的象征,正应了一个兆头。袁世凯很是激动,忙命人传胡典进来。

胡典进得大厅,先给袁世凯叩了一个头,张口就喊表爷,说是他姑奶奶是袁寨的媳妇，姑爷和大总督一个辈分，所以才敢叫表爷。袁世凯应了几十年大人，忽听有人喊表爷，不由唤起一片乡情，高兴得连夸胡典会说话。胡典借机呈上九捆竹帘，拉开一帘，一排名品端重大方。袁大总督见家乡出了如此好笔，很是高兴，取出一支，当下试了，连夸是上品。袁世凯问："为什么送九帘？"胡典说："九是大数，九帘九帘，九九连升，九笔震天下！"袁世凯一听大喜，又问："你来天津卫有什么难处没有？"胡典说："我来替我师傅卖字来了，怕上不了价，所以想借表爷的威名。"说着，拿出备好的王淦墨宝，小心打开，让袁世凯过目。袁世凯一看字体遒劲有力，笔走龙蛇，连连赞道："陈州宝墨，值得一荐！从明天起，你连挂三幅，我派人连购三幅，保你师傅名扬津门！"

就这样，王淦的墨宝在天津叫响，几天没过，胡典收藏的几十幅王淦废作一下卖光。胡典得了钱财，上北京，下汴京，一下把王淦的作品全买了下来。

这一切，王淦全然不知。

由于袁世凯的关系，胡典在津门也站住了脚，成了总督府的常客。有一天，胡典来拜望袁世凯，袁世凯问他说："胡典呐，你知道你卖了多少幅王淦墨宝了吗？"胡典一时发窘，许久了才如实作答："小的不记得了！"袁世凯笑了笑，让人抬出几个大箱来，说："天津人知道我喜欢王淦的字画，就把它当了礼品。你数数，不会少的！"

胡典望着一幅幅王淦的墨宝，惊诧得目瞪口呆！

几年以后，袁世凯的母亲仙逝。袁世凯回乡吊孝的时候，路过陈州。袁世凯回乡一次不易，说是要召见一批旧友新朋，其中就有王淦。当陈州府派人到陈州墨庄送信的时候，王淦吓得尿了一裤子。从此，王淦落下了小便失禁、双手发抖的毛病，再不能挥毫写字。

那时候胡典在津门改做其他生意，听到此种传言，苦笑笑说："王老板有福气，年过花甲才得这种病，比我强多了！"

第 三 辑

盲 师

宝　珠

千年鳖已属珍奇，再得其盖内之珠，可谓稀世珍宝了。

　　陈州知县柳一春得一宝珠,夜来发光。一般夜来发光的宝珠多称夜明珠,长于千年老鳖盖内。千年鳖已属珍奇,再得其盖内之珠,可谓稀世珍宝了。

　　据献珠人说,初得珠者是一位打鱼人。陈州四面环水,打鱼人就住在湖水东边的一个小村里。一日午后,打鱼人去湖里捉鱼,突见一鳖正在湖滩上晒盖。老鳖喜阳,多好在无人的沙滩上晒盖。那鳖如筲箕大小,盖色发乌。打鱼人先是一惊,压根儿没想到那是一只大老鳖,等看出是鳖当即就悟出是遇上了老鳖精。他开初有些怕,后来一想既然遇上了就是缘分。于是就小心上前,悄然从后袭击。也可能是那鳖气数将尽,待发觉有人袭击时慌忙朝水口爬行,不料为时已晚。也是那打鱼人急中生智,一个飞身,跃上鳖盖,举刀砍向老鳖前爪。人急心狠,只几个瞬间,打鱼人就砍掉了鳖精的四爪,染红了好大一片湖水,捉住了老鳖。

　　开初,打鱼人并不晓得鳖身上有什么宝贝,只把那鳖盖当床,让小孩儿睡在里边。不想一天夜里,那打鱼人出来小解,发现室内有一线光柱。追根细察,才发现是从那老鳖盖上的骨眼中发出。打鱼人急忙拿出锤子和凿子,小心凿碎了鳖甲,一颗夜明珠滚落在鳖床里。顿时,蓬荜生辉。

柳知县是从一个富豪手中得到这颗宝珠的。那富豪的独生儿子犯下死罪,为救儿子,他把这颗夜明珠送给了柳一春。富豪先到衙内给知县讲了上面那个渔夫得珠的故事,然后便掏出夜明珠送给了柳知县。柳知县虽然说不准渔夫得珠的故事是真是假,但手中的夜明珠可是千真万确的,柳一春对宝珠爱不释手,最后就想起了一个救富豪儿子性命的好计。

富豪的儿子犯下的是杀人罪,证据确凿,毫无可疑之处。柳一春为得宝珠决定救下富豪的独生子,想了想便对富豪说:"你如果能用钱买一个假凶手,让他自己投案并说是他杀了人,我就可以改为错判放走你儿子!"那富豪花钱找了一个很穷的汉子,教他去县衙投案。柳一春三下五除二,先放了富豪的儿子,接着就杀了那穷汉子,算是换了这颗宝珠。

柳一春得到宝珠的第六天,就亲自把宝珠送给了道台大人。柳一春很恭敬地给道台大人讲了那个渔夫得珠的故事,然后呈上了那颗夜明珠。道台大人像是十分喜爱,连连地说:"好珠,好珠!"接着就对柳一春说:"汝州知府年逾花甲,你心中要有接任的准备!"柳一春高兴万分,回到陈州还激动不已。不想半夜时分,一蒙面大盗突然闯进卧室,一把将他提起来,恶恶地向他要那颗宝珠!柳知县望着闪闪刀光,浑身颤抖,结结巴巴地说:"壮士……我把宝珠送给道台大人了……"壮士一听,怒火万丈,一把撕了面罩,对知县说:"你看看我是谁?"

113

女
票

柳知县抬头一看,目瞪口呆。原来蒙面人竟是那富豪的儿子!

"你知道我杀的那人是谁吗?"富豪的儿子说:"他就是宝珠的主人渔夫!"富豪的儿子说着就放了知县,坐下来,说:"我一生最爱收集奇物,得知渔夫有夜明珠,我掏高价买他的,可他就是不卖!万般无奈,我才把他杀了,今天,我仍要掏高价买回珠子,求你卖给我!因我为它已死过一回,得到它的心情更迫切!"

柳一春着急地说:"我真把它送给道台大人了呀!"

"我会信吗?"富豪的儿子冷笑一声,说:"那么金贵的珍宝,你怎肯轻易送人?"

"这就是你不懂了！"柳一春辩道："你爱收藏，可以把奇物珍宝视为生命；而我爱当官，再好的宝物在我眼中都不如乌纱帽！"

"那你今晚只有死路一条！"富豪的儿子恶狠狠地说。

"我好容易才把你救出来，你千万别再犯法了！"柳一春说，"不就是一颗宝珠吗，我先欠你的，过一阵子还你就是了！"

"过一阵子你去哪儿弄？"富豪的儿子不解地问。

"我告诉你，乌纱帽才真正是取之不尽用之不完的宝物！等我当了知府或道台，什么奇珍异宝都能帮你弄到！"

"我不就把宝珠送与道台大人了吗？"柳一春继续说，"你若再不信，我可以打欠条！"

富豪的儿子疑惑地望了柳一春一眼，然后拿出纸墨，让柳一春打欠条。

柳一春为保活命，当即就给富豪的儿子打了欠条。

富豪的儿子看着纸条儿，说："如果真能如此，你跑官缺钱时说一声！"

不久，柳一春果真当了知府。柳一春当知府之后，连着给富豪儿子弄了几件珍奇之物。那时候富豪已死，富豪儿子一人当家，给了柳一春很多经费，要他活动升迁。几年以后，柳一春竟当了京官。富豪的儿子高兴万分，正准备得到更多的宝物，不想一天深夜，突然被抓进大牢，说是对他旧案重审。富豪的儿子知道自己上了柳一春的当，就向新任知县揭发柳一春。新任陈州知县笑了笑，接着就讲了"渔夫得珠"的故事。讲完，对富豪儿子说："这就是恩师柳大人给我讲的！他说，你也知道！"

富豪的儿子望了望新任知县，颓丧地笑了笑，说："柳大人只知其一，不知其二。其实，渔夫得珠的故事是我父亲给他讲的！我父亲就是那渔夫。这些年来，他白天卖珠，我夜里再把宝珠夺回来。这样反反复复，我们终于成了富豪！……"

新知县像是知道富豪的儿子还要说什么，急忙挥了一下手，富豪的儿子就被刽子手拉了出去。

宝　簪

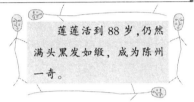

莲莲活到 88 岁, 仍然满头黑发如缎, 成为陈州一奇。

　　皖地寿州一带,有一个老财主,下无儿,只有一个如花似玉的女儿,叫莲莲,老两口把莲莲捧为掌上明珠,百依百顺。莲莲 18 岁的这年春天,由两个丫环陪同去春游,不想玩罢回到绣楼时,莲莲忽然发现插在发髻上的一只宝簪不见了。这只宝簪是祖传之宝,常年插在发丛里,能使头发乌黑发亮不生白发,莲莲自然十分珍爱。如今宝簪丢失,心疼万分,她又哭又叫,如同天塌,两口子见娇女这样,急忙派人去寻找,几个家丁找来找去,毫无踪影。莲莲为此事得了病,卧床不起。老两口左劝右劝不济事,最后只好写出告示,说是谁找到宝簪送到府上,赏银千两。

　　告示一出,周围几个村落的村民蜂拥而动皆想发财。但十多天过去了,仍不见有人找到宝簪,这一天,陈州贺九来到寿州。贺九是个穷玩猴儿的,肩头上驮着一只猿猴,进村敲锣玩猴没人看,觉得挺稀奇,一打听,才知村人都去寻宝簪去了。贺九自认霉气,驮猴出了村,没混到吃的,肚内有点儿饿,走到村头一棵大树下,坐下来歇息。猴趁主人休息爬到树上玩起来。贺九正眯着两眼养神，突然听到"当啷"一声，一只宝簪从树上掉了下来。贺九见了，高兴万分，急急驮起那猴，直奔员外家领赏。

原来，莲莲在村外游玩时，路过树下，头上的宝簪被一根树枝钩住了，当时她只顾新鲜，没觉得。寻找宝簪的人只注意地上，谁也没想到往树上找，正巧猿猴爬到树上，晃动树枝，宝簪才失而复得。

贺九献上宝簪，员外大喜，急忙派人拿出银两，交给了贺九，然后设宴招待。没想酒席刚摆好，那猴儿见菜嘴馋，乘人不防，东抓西挠，弄得满桌乱七八糟。贺九一见气恼，一刀结果了那猴的性命。并亲自下手剥皮割肉，做了几个荤汤荤菜，让员外一家尝了个鲜。

吃猴肉的当儿，莲莲问贺九是如何得到宝簪的，贺九说了猴上树晃落宝簪的经过，莲莲一听，当即放了筷子，泪流满面地说："你这人真狠，万不该杀死恩猴呀！"

贺九一听，也十分懊悔，急忙止了咀嚼，抱起那张猴皮，葬在了寻到宝簪的那棵树下。

贺九再无心逗留，带着银钱离开了寿州。不想他走在路上，老想着肩上有只猴子，一想到猴子，更觉得亏心。为弥补心中愧疚，贺九又掏钱买了一只猴。刚买的猴很有灵气，贺九渴了，它上树给他摘水果。贺九累了，它会用爪给贺九活动筋骨。贺九有了钱，再不用走村串户靠玩猴混肚皮，只把猴子当个玩物。贺九到陈州，用所得银钱买房买地，结束了江湖生涯。他开初做生意，接着又开银庄，慢慢地，贺九也成了陈州富户。

当然，贺九也淡忘了那只猴儿。

一日，贺九请客，不想刚摆好酒席，那只猴趁人不防，跳到桌子上大吃大喝，一桌酒席弄得乱七八糟。贺九十分气恼，一刀杀了那猴亲自剥皮剔肉，给嘉宾们做了一顿美肴。

酒过三巡，一个家丁突然走近贺九说："贺老爷，门外有一个烂衣女子，说是有一祖传宝簪，要卖给你！"

贺九一听，大吃一惊，急忙安顿好客人，匆匆走到门外一看，门外果然站一女子，衣衫褴褛，蓬头垢面，尽管如此，但贺九还是认出了莲莲。想想自己当年的发家史，贺九忙让莲莲到客厅，问莲莲为什么会弄到这种

地步,莲莲泪流满面,说是自从宝簪失而复得后,家中突然起了大火,父母身亡,自己无家可归,只得沿街乞讨。昨天来到陈州地,听说贺老爷就是当年玩猴的贺先生,想起贺老爷为人义气,特来拜见。

贺九不忘旧情,急忙让人腾出上房,让莲莲洗澡更衣,住了进去。莲莲化妆打扮之后,又恢复了美丽的姿色。贺九看后不禁心动,决定要纳莲莲为妾。莲莲正走投无路。只得答应下来。

贺九一听莲莲答应了,高兴万分,忙择下良辰吉日,准备与莲莲完婚。莲莲定了终身,心情好了不少,就自己到后院走走。没想她来到后院,突然看到一棵树上搭着一张猴皮。望着那张猴皮,莲莲突然想起了什么,趁人不备急急逃走了。

不见了莲莲,贺九焦急万分,派人到处寻找,但毫无踪影。贺九思莲莲心切,整日郁闷不已,最后竟卧床不起了。家人救主心切,四处贴出告示和画像,说是有人找到莲莲,赏银千两。

许多天以后,突然有一个老太婆来到贺府亮出一个宝簪,对贺九说:"莲姑娘已出家做了道姑,她让我把这簪子送给你,并说用此换下你家后院那张猴皮!"

女票

贺九一听,一下明白了莲莲突然出走的原因,万分懊悔自己劣根不改,始终是一个忘恩负义的小人!人啊,痛改一时容易,痛改一生太难呀!

贺九决心要见莲莲一面。

老太婆领着贺九到了静虚观,见到了莲莲。莲莲对贺九说:"当初我爹欺你是外地人,给你的银子是假的,是我看着不忍,才偷偷给你换了真的!那猴子上桌闹事,是听到了我爹和我娘的对话,为你抱不平呀!"

贺九一听,大惊失色,更是觉得欠那猴儿许多,越想越内疚,便跪在了莲莲面前。

几天以后,一帮强盗深夜闯入贺家,银钱被洗劫一空。

贺九全家哭天嚎地,痛不欲生。贺九报案之后,杳无音信。一日,贺九突然想起了第二只猴子闹酒席的事儿,急忙告知官府。官府挨个儿审查了那日去贺家赴宴的人员,果真查出了两个强盗内线……

贺九为第二只猴子举行了隆重的葬礼。

不久,贺九的肩上又驮起一只猴儿,只是那猴儿有点儿呆,再不像前两只猴儿有灵气。

但贺九爱猴如命。

几年以后，贺九前妻病故。那时候，贺九年不到四十，虽家有万贯，却不愿续弦，直到感动莲莲还俗，二人才终成眷侣。

贺九活到97岁寿终。贺九死后第二年莲莲也闭了双目，莲莲活到88岁，仍然满头黑发如缎，成为陈州一奇。

但是，除去贺九和莲莲，再没有人知道是宝簪的作用，于是，宝簪也随莲莲入了土。

只留下这个美丽的故事。

贼　　船

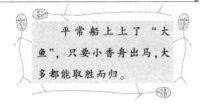

平常船上上了"大鱼"，只要小香舟出马，大多都能取胜而归。

很早的时候，颍河里有贼船。贼船多有两种：一种是摆渡贼船，像《岳飞传》中"马前张保马后王横"那般，把客人撑到河中心，突然亮出家伙，或杀人灭口，或抢劫财物。另一种贼船与海盗河匪相似，专偷停泊的商船。夜深了，贼船悄然靠近装满货物的商船，系下几包货物，偷儿似的溜走……

这虽属小打小闹的偷儿，但一旦被人发觉，也敢动真枪真刀，胆量不算小。但毕竟未成"匪"，难发大财，弄不好，怕是连命也要搭进去。

颍河上还有另一种"贼船"。

这种贼船是客船，专程从漯河往周口、界首、蚌埠一带运客的客船。那时候，从漯河往东，由于陆上交通不便，客商一般都是乘船。因为是从上游朝下游行驶，要比坐车快而且舒服。如果碰上顺风的日子，船如离弦箭，真可谓是"扬帆千里"了！

清末民初时的颍河客船一般多是"楼子船"，双层，加底舱三层。底舱内是卧铺，有很窄小的包间，俗称"乐子间",内有水妓。中舱是吃饭观赏的地方,流动客较多。上舱为赌场,无论你有多少钱,只要一到顶层。最后多是要落个"一穷二白"。

这种"贼船"也就"贼"在这底舱和顶舱里。一般正经人,坐船只坐中舱,极少到底舱嫖娼或去顶舱凑热闹。客船颇像个水上小社会,你只要不去顶舱和底舱,掏钱乘船,一切正常,但你只要一入上下两层,就像在陆地上进赌场逛妓院一样,是误入了"歧途"。

当然,"误入歧途"是对一般人所言的,真正的有钱人,他们挣钱就是为了"误入歧途"。乘船的目的除了赶路就是要上"贼船"——所以,底舱和顶舱里多是有钱的阔少。令人遗憾的是,世上有钱人毕竟是少数,所以当底舱和顶舱内的生意冷淡时, 他们就想点儿生法儿到中舱招徕顾客。有人好奇,就上去一试,最后"一穷二白"了,连呼上了"贼船","贼船"也就如此这般地叫开了。

顶舱到中舱拉客的办法有多种。有一种是用"诱子"——这种人化装成旅客,坐在乘客当中,顶舱来人在旅客中游说到顶舱发一把,"诱子"就去,一会儿,果然就边数钱边走下楼梯,满面红光。接下来,就劝别人上去一试身手,去者多是贪财之辈,上当无疑。另一种是妓女帮助拉客,妓女拉客也与在陆地上不同,因为地点、时间和人员有限,所以讲究时效性。妓女和嫖客"乐"了之后,就劝嫖客上去玩一把,当然,顶舱赌场要给妓女提成,一般都是三七开。

这一年,沈丘新任知县林展势从江南来沈丘赴任,从漯河下了火车,乘船直达沈丘。由于不顺风,从漯河到沈丘需要两天一夜的时间。林展势一介书生,不嫖不赌,就坐大中舱内读书。那时候林展势年方二十五六岁,长得一表人才,跟随是一位十五六岁的家童,挑着书担,陪坐在公子一旁,很好奇望着两岸风景。

从林展势上船始,就被顶舱赌主列为了"大鱼"。为让这位漂亮公子上顶舱赌一把,林展势的周围坐满了"诱子"。一会儿他"发财"回来了,一会儿他也"发财"回来了,并用"当当"的银钱声诱惑林展势。只可惜,林公子不闻不问,一心只读圣贤书。万般无奈,赌主只好拿出撒手锏,派小香舟去拉林展势。

小香舟是个水上歌妓,长得端庄秀丽不说,又善弹会唱,歌喉甜如

蜜。平常船上上了"大鱼",只要小香舟出马,大多都能取胜而归。

小香舟接了任务,对赌主说,一般正派阔公子用金钱是打不动的。因为他们自幼读书,很少摸钱! 对付他们,只能用情! 言毕,又化妆一番,然后怀抱琵琶,也不去中舱只坐在顶舱船头弹曲。优美的曲子传到中舱,林展势果真耐不住了性子,顺音到了顶舱。

那时刻,小香舟正独坐船头,怀抱琵琶半遮面,琴声如泣如诉,真听得林展势呆了一般。

因为小香舟的琴声里,竟不时响着银钱的撞击声。艺术中充满着铜臭,而且又融合得恰如其分,形成了更高的和谐,使得林展势五体投地,禁不住击节叫绝。小香舟止了弹唱,扭身一望林展势,也禁不住呆了!

小香舟很为林展势的一表人才和堂堂气质所震惊! 她心想:如此长相,又能给人一团正气的人,怎能让他上"贼船"染上恶习呢? 但"顶舱"有"顶舱"的规矩,只要上了"顶舱"的人,不"掉"几个为"空"——既是"贼船",当然是忌"空"。小香舟正在为难之时,不想赌主已走出舱门迎接林展势了。林展势并不知道顶舱是赌场,还以为赌主和弹琵琶的姑娘是一伙的,正欲随赌主走进舱内,不想小香舟却失足掉进了河水里,林展势一见琵琶女落水,二话没说,也一头扎进河里去救姑娘。只可惜林展势不会游泳,落水后挣扎了几下,就顺河朝东流去。这时候,赶巧那位书童出来找公子,一见林展势落了水,大惊失色,高喊:"他可是新任沈丘知县呀!"

121

女

票

赌主一听,急忙派人救上来林展势和小香舟,并趁机将小香舟送给了林展势做妾。林展势和小香舟都不忘赌主的救命之恩,在后来的日子里,他们给予了赌主许多方便,使赌主成了一带富豪。

富甲一方的赌主深有感触地说:"老夫赌了半辈子,惟这一次是满贯! 昔日吕不韦,养食客三千,连朝廷都敢培养,那才是真正的贼船呀!"

鳖　厨

　　姚二嫂听焦大把话说到这一步,想想再没别的办法,只好随焦大上了码头。

孙方友传奇小说

122

　　旧世道儿,陈州这地方儿称妓院为"鳖窝",称妓女为"鳖",给"鳖"做饭的女人称"鳖厨"。当时这种活儿于世人眼中是极下贱的,虽然月薪高,但极少有人去干。

　　陈州南有条颖河,颖河上游有个周家口,下游有个界首。界首有个花子街,周家口有个万贯街。花子街和万贯街上都是妓院,相当于现在的"红灯区"。尤其是周口万贯街,很有名气。内里不但有南方的苏杭美妓,也有"燕瘦赵肥"的北方娇女。万贯街上最有名的是万贯楼,任你腰缠万贯,只要去过万贯楼,慢慢会使你自己把钱掏干。

　　姚二嫂就在万贯楼内当"鳖厨"。

　　姚二嫂家很穷,为了生计姚二嫂只好不顾名声来万贯楼为人当厨。姚二嫂的丈夫叫姚二,很老实。姚二嫂去妓院当厨,姚二就在家照看两个孩子。每到月底,姚二就领着两个孩子去周口,姚二嫂悄悄从后门溜出来,将薪水交给姚二,亲亲两个孩子,然后挥泪而别。

　　这一年,豫西土匪路老九打下周口,抢占了万贯楼。

土匪们把妓女一个个用苇席围起来,标上价码,任人挑选。交款之后,再让你看人,丑俊皆不得退还,一切认命。姚二嫂也是女的,也被土匪当妓女抓了起来,尽管姚二嫂一再解释,土匪们还是把她用席筒子圈了起来,标上价码,卖了。

买走姚二嫂的人姓焦,叫焦大。焦大是个纤夫,给一个姓钱的老板拉商船。这次从漯河往蚌埠运京广杂货,路过周口,听说妓院卖女人,便取出多年积蓄买了一个。焦大雇了小土牛车推着姚二嫂朝码头上走,姚二嫂一路哭哭泣泣,向焦大诉说自己的不幸。焦大一开始不信,最后见姚二嫂哭得伤心,便问:"你说你是厨娘,让我如何信你?"姚二嫂说:"接客的女人整天擦油抹粉,浑身透着香气,我一天到晚在灶房里,从未打扮过,你一看不就看出来了!"焦大想想也是,就贴近姚二嫂闻了闻,果真没一丝香气,这才信了,说:"事到如今,我也不强迫你,你既然有丈夫有孩子,那你就赶快给我五十块大洋,别误了我再去买一个。"姚二嫂哭着说:"这位大哥,我一个月才挣两块大洋,还要养家糊口,你让我去哪儿弄五十块大洋呀?"焦大说:"那这事儿就麻烦了,我几乎用尽了前半生的积蓄买了你,你不从我不强求,但你也不能让我拿钱买个空呀!这样吧,你先随我到船上,我托人给你丈夫送个信,让他找钱把你赎回去如何?"姚二嫂听焦大把话说到这一步,想想再没别的办法,只好随焦大上了码头。

到了商船上,船上人都为焦大买个漂亮娘子而高兴。焦大自然高兴不起来,哭丧着脸向众人说了实情。焦大这边说着,姚二嫂那边哭着,哭声惊动了钱老板,钱老板就从上舱走下来,问焦大说这女人哭哭泣泣怎么回事儿,焦大又向钱老板诉说了姚二嫂的不幸。钱老板走过去,望了望姚二嫂,叹了一声,对焦大说:"这样吧,我先给你五十块大洋,先把这女人救下来,你再赶快回妓院买一个如何?"焦大一听,急忙给钱老板磕头,然后就接过五十块大洋急急上岸去了万贯楼。

焦大到了万贯楼,见妓女已剩不多,急忙忙交钱又买了一个,打开一看,却是个老妓,比自己还大了几岁。焦大心想这大概就是命,姚二嫂年轻漂亮,却是有丈夫的女子,这个倒心甘情愿跟自己从良,却是个老女人。焦大正在叹息命苦,突见姚二带着两个孩子来找姚二嫂。姚二见人就问,一脸着急。焦大一听是找姚二嫂的,便急急走过去向姚二说了实情。

姚二如遇恩人，拉过两个孩子就给焦大磕头。焦大说："我先领你们父子去船上见见你家娘子，然后再想钱的办法如何？"焦大说完，就带着老妓女和姚二父子三人去了码头。不料到河边一看，河里已经没有了商船的影子。

姚二和两个孩子痛哭号啕。

焦大一见商船没有了踪影，心中已猜出是钱老板从中使了坏心，便宽慰姚二说："钱家商船是个楼子船，这条河道里没几家楼子船，他们经常从下游朝上游运山货，你只要在这儿坐等，不久便可等到的！"说完，焦大便带着那老妓回老家重谋生路去了。

果然不出焦大所料，那钱老板见姚二嫂有几分姿色，而且常年当厨娘，身上养得丰满瓷白，却又不是青楼出身，就动了歹心。当那焦大一上岸，他就命令开船。因是下水又顺风，帆篷一拉开，船便如箭般离开了周口。姚二嫂开初自然不从，几次要投颍河寻死，但都被拦了。最后经不住钱老板百般规劝，只好哭哭泣泣进了洞房。到了蚌埠，钱老板谎说已派人给姚二送去了钱财，然后将姚二嫂领回家中，并给她另买了一处宅院，又配了丫环和老仆，让姚二嫂一下就过上了富太太的生活。

几年以后，钱老板带姚二嫂一同去漯河玩耍，一天路过周口，船靠岸装货，姚二嫂回到久别的家乡，心情自然有着另一番滋味儿。她让丫环陪同，专去万贯街故地重游了一番。她深怕熟人认出了自己，还戴了副墨镜。那一天，她像是玩得很尽兴，直到半下午才回到码头。不想就要上楼子船的当儿，突见一老乞领着两个小乞站在了她面前。姚二嫂一愣，下意识地捂了鼻子并朝后仰了一下身。这时候，那个老乞和两个小乞已向她伸出了脏兮兮的手，可怜巴巴地叫道："太太，给我们一点儿吧！"姚二嫂听到那老乞声音耳熟，仔细一看竟是姚二带着两个孩子沿街乞讨，顿时如傻了一般，不知如何是好了。丫环见她打怔，忙问她怎么啦？她只觉双目发热，急忙掩饰地遮了脸，一副嫌脏的样子，细声对丫环说："多给他们些银钱，打发他们到别处去讨要吧！"

孙方友传奇小说

诀　窍

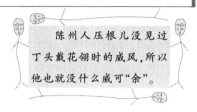

　　陈州人压根儿没见过丁头戴花翎时的威风，所以他也就没什么威可"余"。

　　丁文政，字一德，号思斋，陈州人。清顺治十四年，文政乡试列经魁(前五名为举人，称"经魁")，十八年成进士。初任直隶顺义县知县。该县俗败多盗。文政任职后，采取剿抚兼施的策略，盗贼敛迹，乡里且安。康熙八年，调任黑龙江长宁县知县。当时的长宁土瘠民贫，他劳心抚育，任职七个月，县政便有起色。旋升任安徽无为州刺史，正五品。

　　为此，丁文政还写了一首"赴任诗"：

　　　　　　入境何须呵殿迎，一路骑驴望春风。

　　　　　　千家烟火如云雾，万顷田畴似掌平。

　　　　　　父老不识新刺史，衣冠犹是旧书生。

　　　　　　御前胥吏真堪笑，向我哓哓问姓名。

　　丁文政接印后，革冗费、锄豪强、严法禁、明教化。地方巨恶匪盗，皆悔过从新。

　　由于操劳过度，丁文政健康欠佳，只重政绩损了身体,几年后,不得不以健康问题告休,定居陈州。

丁文政为官清正,自然没什么积蓄,没积蓄自然也就购不得阔宅,只在前尚武街南坊湖边买了一处民宅,靠退休金过日月。那时候退休是"致仕",丁文政为"病退",皇上还照正五品发给他俸禄,所以日子过得还算富裕。

人没了权力,也就没了威。更何况旧世道讲究异地做官,你有权时的威风家乡人没见过,纵然丁文政官至五品,但一告病还乡就啥也不是。若在执政之地定居,还有余威。陈州人压根儿没见过丁头戴花翎时的威风,所以他也就没什么威可"余"。又由于丁文政是清官,不善炫耀,也乐意把自己混同于一个老百姓,所以陈州人也就没有把他当成多大一回事儿。

当然,更不把他当回事儿的,是陈州的地方官员。陈州地方官员虽不把丁文政放在眼里,但对另一位"致仕"五品吕全深却十分尊敬。每有新知县上任,多要拜望吕全深,逢年过节,还要慰问一番。由于地方官的敬重,陈州百姓也就不敢轻看吕全深,连地痞流氓皆礼让三分。官来官去,吕府慢慢也就成了"权势"的象征。

吕全深在外省当多年知府,贪够了雪花银,回到陈州购得一处大宅,气势上首先压倒了丁文政。最重要的,这吕全深极会培养党羽,做知府时,极力提携下属,提出的口号是:贪财不贪才,银钱滚滚来。后来有两位经他当初提携的七品知县眼下做京官,既当了他的保护伞又使他官倒威不倒。每有人放任陈州,他当初的弟子总要交代照顾吕先生,于是,官们便把吕全深当成了朝上爬的金梯,岂有不尊敬之理呢?

而丁文政这一点就远不如吕全深。丁文政当政期间,只顾自己重政绩,抚百姓,根本不会想到退休之后的事情。加上他任知州时间短,花开花落,只留下一时鲜艳,而且影响有限,没权了,只有落红随风舞,人的分量也轻了起来。

为此,丁文政很是生暗气,心想清官难当,并不是光说在台上,就是下了台,仍是不如赃官活得潇洒!

丁文政决心要与吕全深斗一斗。他对家人说,在台上时只顾励精图治,没闲空琢磨人。现在下野了,该跟贪官斗一斗了!斗的目的有两个:一是不能让贪官"吃饱卧倒"享清福;二是让人看一看,清官并不是不会整

人,只是心善下不得手便是了。这回我妒火上升,也要"恶"一回了。

不知这话怎么传到了吕全深的耳朵里,吕全深就觉得丁文政幼稚可笑,便派人送去请帖。丁文政惊诧片刻,意外之后,决定趁机"入虎穴得虎子"一回为上策,便打扮一番,随人去了吕府。

吕全深在大厅里接见了丁文政。吕家大厅富丽堂皇,丫环仆人成群结队,很是气派。丁文政都看着迷了,似进了皇宫般惶惑。吕全深很尊重丁文政,把他让到上座,笑道:"听说文政兄要与我斗一斗?"丁文政一身正直,自然不会说谎,回答说:"是的!"吕全深问:"请教文政兄如何斗法?"丁文政直言不讳道:"我过几日就进京,拜见过去同僚,先把你的弟子斗倒,然后再整你!"吕全深听后非但不恼,反而仰天大笑道:"文政兄混了半世官场,没想至今执迷不悟。我虽是贪官,但我决不会教弟子再去当贪官。这就像土匪决不会让儿子走黑道一般。我教出的弟子,多是用贪官的心计去当清官,你怎能斗得过他们?自古官分两种:清与贪。清官多善,贪官多恶。就心狠手辣一条你就不具备,何谈去与人斗权?"

丁文政听得目瞪口呆!

吕全深说着唤来一个仆人,顺手抄起宝剑,一剑刺向那仆人大腿处,顿时,血如喷泉……

吕全深接着又唤来一仆人,把宝剑递给丁文政,问:"你敢刺他一剑吗?"

丁文政早已吓白了脸色,跑上前去为那负伤的仆人抚伤,又扭脸呵斥吕全深说:"当官应视民如子,你怎能如此草菅人命?!"

吕全深很轻蔑地望了丁文政一眼,讥讽道:"如此心态,竟还想与老夫相斗!真是不自量力,送客!"言毕,拂袖而去……

盲　师

凡来陈州做官的官员，上任初始，大多要到封府拜望一番。

盲先生姓封，名尚卿，陈州西街人，清丁酉科举人，中途双目失明，后在弦歌书院任教。封先生学富五车，知识渊博，凡为人捉刀，无不中的。他执教认真，要求严格。投为门生的生员，先念自己的文章让其听，听后说收则收，收就有希望考中；说不收则不收，谁讲情也不中。当时慕名来陈州学习的人遍及七八个县，先后成名的弟子数不胜数。如海岩，中二丁甲之首——传胪；赵钦瑄，为翰林院庶吉士；王士亚，中春闱榜首——解元……封先生教书不循陈规，即五经之中有不妥之处也敢依理修改，所以教书往往能出奇制胜。

盲先生耳力好，记忆力超人。失明之后，他并不气馁，每天坚持让夫人读书给他听。他决心与命运对着干，对夫人说，天盲我一人，我将成就百人，吾将成为一个发放乌纱帽的圣者！其夫人姓徐，大家闺秀，知书达理，夫妻二人珠联璧合，终于造就了盲眼人的奇迹。

于是，封先生便成了陈州名流。

由于弟子们的官越做越大，封先生也越来越受人敬

重。凡来陈州做官的官员，上任初始，大多要到封府拜望一番。

封府经过多年扩建，越来越气派。门额上高悬着弟子们送的金匾，大门两旁是当朝天子赐的御笔：尔卖乌纱帽，吾发滚龙袍。

就凭这两句戏言，此地就有了"文官下轿，武官下马"的威风。官员进封府，首先要行大礼，接着才是门人通报：陈州新任知县前来叩见！声音如潮，一浪高过一浪。其势其派，真难让人想像大人们拜见的只是一个双目失明的教书匠！

由于盲先生之故，陈州地方至今没人敢小瞧教书的人——当然，这是后话。那时候的盲先生却从不以此而倨傲，每天吃过早饭，让人抬着走进弦歌书院，仍是认真教书。他扬言要执教一生，争取从他手中走出百名举子，号称"百碑封第"。也就是说，每高中一名举人，在封府门前立一块丰碑。等立够一百块，封先生就要关门养老。这口气当然很大，别说一个盲眼人，就是一个健全的人也极难达到。这在科举史上可说是"前无古人，后无来者"了！

到封先生 58 岁那一年，从他手中已走出五十多名举人，这些举子之中，有三十多个中了进士。封先生名声大噪，地位急剧上升。内行人说，按如此进度，封先生若能活到 80 岁，百名举子是不成问题的。

不想这时候，封先生却突然自杀了！

封先生自杀的原因传说不一，最确切的一种是说封先生上了一个算卦先生的当。

算卦先生也是一个盲人，是从山东曹州过来的。那先生来到陈州，听说封先生教学有方，门生遍天下，便要求见先生一面。门人通报的时候，封先生刚从学馆归来，一是有点儿累，二是因为他自己对占卜之术深有研究，不想听别人胡叨叨，便吩咐门人送银两给先生，好言送客。不想那算卦先生很执拗，拒不收银，并要门人二次禀报，就说是一个瞎子求见另一个瞎子，如果不见，封府门前将又立一块"肉碑"——满目黑暗！

封先生一听门人传禀，大吃一惊，急忙请那算卦先生进了客厅。那算卦先生走进封府，吃饱喝足，也不知给封先生说了些什么，没过多久，封先生就上吊自杀了。

封先生自杀身亡后，他的门生也一连被斩首了十几位，罪名大同小

女

票

异，多是因贪赃枉法！

许多年之后，人们才知道那算卦先生也决非常人。他也是半路失明，满腹经纶，只是与封先生不同的是，他一生只教了三位弟子。三位弟子都居了高官，最小的弟子也是监察御史。由于封先生的不接待，惹怒了那山东盲先生。山东盲先生对封先生说：先生教书，只求数量而不求质量，是功是过问问我那弟子便知晓了！但有句话我先挑明，眼下之官员，没几个经查的！可以说，先拉了去斩首再查案也绝少冤案！封先生一听，很是伤心。万没想到自己不重德的教育，精心培养的竟是一群贪官！还有何脸面在人世炫耀？于是就自杀了！

但也有人说，那算卦先生就是一个算卦的，根本没什么当官的弟子——传来传去，最后竟没人能说得清了！

于是盲先生之死也成了千古之谜！

寿 图

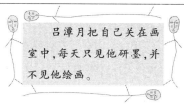

吕潭月把自己关在画室中，每天只见他研墨，并不见他绘画。

女

景

吕潭月，字明心，号静子，又称枕溪道人，原籍陕西华阴县。他在6岁时随父来到陈州开酒馆，后来家道中落，厌世愤俗，遂于同治十二年投入玄门，次年开始外出游历，后来到了北京白云观，先后充做迎宾知事，客堂知宾，得与高人名士交往，常是聚首一堂，讲经文，论书画。细心好学的吕潭月，能随时向那些翰林学士们请教，并拜名家周少白为师，攻习丹青，又自学书法。由于其天资聪颖，刻苦钻研，数年终有成。回到陈州太昊陵后，仍是孜孜不倦，造诣深到，常为社会各界之应求而书绘，随之名声大振，被人誉为"陈州老道"。

号称"陈州老道"的吕潭月在书法上善于狂草，狂草以《怀素自叙帖》、《张旭古诗四帖》和徐渭的一些作品为功底，其字格调高古，别具仪态。一旦"狂"起来，行笔酣畅淋漓，通篇流露激情，呈现出心态激扬的情绪，不仅显现出功力的深厚，笔力的精熟，更主要的是能流露出某种精神狂舞的境界，达到一种欲求不得的高度。

吕潭月很喜欢徐渭。他常对人说，徐渭为人豪荡不羁蔑视礼法,眼空千古独立一时,艺术上醉抹醒涂,师心横纵,一派狂态。欣赏他的狂草,确能感到心手相应,狂态迸发出火暴气息。作品虽是残破败笔屡见,但实在是无节制无止遏之举,后人甚至可以循其笔墨轨迹去想见其书时那破隘蹈决之状。

吕静子的绘制是多以画兰草、墨竹、牡丹、石砬著称,用笔柔润,清秀多姿,寓有风韵,皆能透得品性,而且石出三面,呈现立体感。他之走笔书画,从不索取润格。多是庆求者以见赠。在当时陈州的一些文人雅士之居宅中,可常见有吕潭月之楹联与丹青。

吕潭月身为出家之人,却有一枚人人皆知的闲章,上篆"好色之徒",成为当时书界佳话。除此之外,吕潭月还有一怪,就是无论书法或绘画,均由自己研墨。

所以,若索求他的字画,千万不可坐等。因为研墨时,他均是把自己关在书房内,一方砚台一方墨,慢条斯理地旋转,不温不火,不急又不重。等一缕缕墨香从墨、砚相接处幽幽飘出于整个房间弥漫之时,吕潭月就会睁大眼睛,看着那如薄油的墨花儿,如轻云似的在砚台上展开,目光也就于重玄之中,深远不测。接着,他会饱吸一口墨香,再把砚墨挪到阳光下,看日光相应之中,那墨呈现出的紫或蓝的色彩。他说,墨分五色,不光会看,更重要的是会欣赏。只有悟透才可熟稔。墨有新、旧之分,墨色不一;墨又有浓、淡、干、湿之别,色泽就相去甚远;当日新墨与隔宿之墨书写,风采又各迥异。只有掌握这些,行笔才便捷轻盈,风神潇洒超然,如不食人间烟火之状——所以他才自称"好色之徒"。

光绪三十一年八月二十日是袁世凯五十寿诞,陈州知州为巴结袁世凯,便让吕道人画一幅寿图。吕潭月一听,连连抱怨知州大人说得太晚了,并说给袁大人祝寿,绝非小事,应半年前就该打招呼!眼下距寿日不足一个月,怎能来得及? 知州一听,很是惊怪,心想画一张鸟画怎能如此费时? 知州就以为吕老道拿大,笑了笑说,虽然时间紧一些,但毕竟还有二十几天,只得请道长费神了! 吕道长一听瞪大了眼睛,极其认真地说,费神不怕,就怕时间不够。知州说这不难,从今天开始,别的一切事儿全由我包揽,你就一心一意地画吧!

吕潭月把自己关在画室中,每天只见他研墨,并不见他绘画。知州不但派人送吃送喝,还派专人悄悄打探,可得到的皆是"老道仍在研墨"的消息。眼见袁世凯寿日将至,知州一切备齐,就缺寿图,终于耐不住,亲自赶到太昊陵问吕潭月说:"道长,袁公寿诞迫在眉睫,求您的丹青何时能得?"吕潭月说:"如此紧张,怎能画得好?既然你催得急。这样吧,三天以后派人来取!"

三天以后,陈州知州派人从太昊陵取回了吕老道的墨宝,展开一看,是一幅巨画,画面是一片片又肥又大的荷叶,远天近地,构成一片水的世界,浩渺辽远,气象万千,给人以开阔无比的联想。站在画前,顿感人小,像一片秋叶落在无垠的水域之中。画名为《洁荷》,取"出淤泥而不染"之意。画面构图大胆,气势磅礴,下笔险陡,令人惊奇。尤其那一片片肥大的荷叶,有的迎风半卷,有的昂然屹立,动静摇曳,绝非一般画家所为,令人叹为观止。陈州知州派专人骑快马日夜兼程把《洁荷》寿图送往京城,袁世凯很是高兴,特意把寿图挂在大厅内,以示炫耀。八月二十那一天,京城中的大小官吏前来祝寿的人如鲫鱼穿梭一般,连内监总管李莲英也来了。袁世凯对别人都是一般应酬一下,但对李莲英却不敢怠慢,一下迎到门外,然后又陪总管大人从大厅向内厅走去。走到大厅之时,袁世凯有意向李莲英炫耀道:"李公公,这是家乡陈州府派专人送来的寿图!"不料李莲英一看那张巨画,"吞儿"地笑了,问袁世凯说:"袁大人,这画是何人所绘?"袁世凯说:"听说是一位老道人!"李莲英又笑道:"袁大人,恕我直言,这个长毛老道在戏耍你呢。"袁世凯疑心重,一听大惊,忙问:"公公此话怎讲?"李莲英说:"实不相瞒,他这肥大的荷叶全是用屁股坐出来的!"经李莲英一提醒,袁世凯当即就看出了那一片片荷叶全是两半儿屁股印儿,不由老羞成怒,一把撕了寿图,又急忙派人火速赶往陈州捉拿老道吕潭月。

不想那时候,吕老道早已离开陈州,四海云游去了。

事后袁世凯偷偷请教李莲英说:"李公公,您怎么一眼就可以认出那荷叶是屁股所为?"

李莲英笑道:"这本是在民间流传的笑言,不想被人利用,连给老佛爷的祝寿图中也有这种'屁画',只是小的不敢言明而已!"

后来袁世凯为证实李莲英所言,特派人研了半澡盆墨汁,在地上铺

女票

了宣纸,然后叫来一画匠,让他脱光了衣服用屁股蹭荷叶。那画匠用屁股蘸墨坐了几回,由于功夫不到,不是色重墨多浸烂了纸张,就是用偏了力气只印一半儿"荷叶",忙忙碌碌半中午,最后弄得一团糟,瞎废了半澡盆墨汁,笑得几个家丁喊肚疼。

这时候袁世凯才悟出那幅寿图乃是一幅真正的精品,回想那浩瀚的画面,庞大的气势,大有"五百里滇池,奔来眼底"之感。但画已毁,后悔晚矣!仔细想来,世上有口笔、悬笔、指画多种,为何不能用屁股画荷叶?再说,看画讲画,为何要追求画是何种画法?就如一道好菜,为何要去联想那做菜的过程?更如做官,只讲品位,何必讲达到目的的心计与手段?

雪　碧

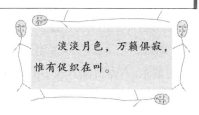

淡淡月色，万籁俱寂，惟有促织在叫。

雪碧不姓雪，姓薛，是陈州大户薛老庄的千金，爱写诗，取名雪碧。按现在的话说，算是笔名。

薛家是陈州"诗礼世族"。薛小姐年少时，与诸兄弟共读诗文。诸兄弟均讲求文章科第，行文有规，循序八股，文章自然少了生气。而她虽然表面谨言慎动，存心于伦常之道，而一旦行文，自由奔放，毫无顾忌。不到20岁，诗文已颇具造诣，饮誉陈州。"风霜凌冷最无情，何事芳心与尽倾。既作秋花当应节，炎凉不肯易精诚。"——就是她当时的代表作。

雪碧小姐虽然诗文作得好，长相却是不济，陈州人戏称她为"苏小妹"。只可惜，她少了苏小妹的艳遇，一直没碰到秦少游。不少大户的公子虽然看中了她的才华，却看不中她的长相。一般俗家子弟，雪碧又放不到眼里。高不成低不就，一耽误便过了"既作秋花当应节"的年龄。那时候，她的哥哥和弟弟业已考中了进士或举人。眼见弟弟急着完婚，"大麦不熟怎能先割小麦"？雪碧一怒之下，夜奔静虚庵，要削发为尼。静虚庵老尼们怕得罪薛家，轮番劝说，也不济事，最后只得通告薛老庄。薛老庄闻之，急奔静虚庵。没想雪碧决心已定，拒不与生父相见。薛老庄作为一代文人，十分理解女儿，答应雪碧出家，并流着泪看老尼为女儿剃度完毕，才走出庵堂。

老尼为薛小姐取法名为慧明。

薛老庄为不让女儿受苦，第二天就派人给静虚庵送去了不少捐银。老尼们为感激薛家厚爱，不让薛小姐干活，不让其值班，也就是说，除去课诵，一切时间全由她自己支配。

雪碧人虽出家，心却离不开尘世。她学过黛玉葬花，也学过祝英台化蝶。打发了白天，夜晚更难熬。淡淡月色，万籁俱寂，惟有促织在叫。孤灯伴影，雪碧流出了辛酸的泪水。"昏黄微月夜，啾唧小虫鸣。诉尽三番怨，悉添四壁声。本风吹户急，白露满阶平。假寐虚窗下，谁知此际情。"雪碧忧伤地吟着诗句，虽然声音低沉，但在夜静时分能传出很远。庵堂住持老尼走过来，对雪碧说："慧明呀，忘记世间烦恼吧，这样下去会害你的！"

这时候，薛老庄又派人送来了捐银。

庵堂住持老尼理解薛老庄的心思，为感激薛家，只好再次放弃让薛小姐成为一个真正出家人的打算。

由于庵堂对薛小姐的额外照顾，使她越来越索居离群，身子也一天天垮了下去。

终于有一天，薛小姐开始卧床不起了。

薛小姐临死的时候，睁着空洞的双目，不解地问住持老尼说："师傅，我出了家为何忘不掉尘世烦恼呢？"

那老尼同情地拉住薛小姐的手，许久才说："出家本是穷人家的事儿，薛小姐，恕我直言，你本不该出家的！"

一代才女不解地望着师傅，低声吟道："断雁零鸿凝望久，待得来时，消息仍如旧。常日闲愁毒似酒，吟魂悄失梅花瘦。心事正如庵外柳，剪尽还生，新恨年年有……"

住持老尼眼含热泪，说："闺女，还是以求来生吧！"

雪碧的面颊上滚动着泪水，无力地说："漫从去日占来日，未必他生胜此生……"

话没说完，就痛苦地闭上了双目。

住持老尼再也把不住泪水,哭着为雪碧超度了魂灵。

噩耗传到薛府,薛老庄惊诧如痴,急急奔向静虚庵,抱起女儿枯瘦的尸首,大声疾呼:"怎么就死了呢?怎么就死了呢?!"

住持老尼愧疚地把目光挪向了远方。

那里是一片绿郁葱葱的菜地,一群尼姑正在汗流满面地忙活着什么……

不远处的庵堂里,传来了施主上香的木鱼声……

蒋 宏 岩

慢慢地,蒋宏岩就颓废了下去,时常喝得酩酊大醉,显得很潦倒。

陈州城东街,有个名叫博古斋的铺面,店堂不大,除了陈设有掸瓶、瓷佛、玉器、古钱等,三面壁墙上全是悬挂着书画轴幅。店主姓蒋,字子伦,名宏岩。他不但经营别人的书画也经营自己的。他擅画老虎,造型奇绝,姿态各异,威势逼真,颇为人们喜爱,故而畅销中原一带。

蒋宏岩是陈州东关人,自幼酷爱美术,从陈州师范毕业后,于各地充当小学教员时,一直想在绘画上进行深造,后得到家族众兄弟资助,于1926年只身去到上海,考入刘海粟创办的上海美术专科学校图书系,两年修业之后,转上海昌明艺术专科学校图画系学习,由著名国画家张善子亲自教授。张善子是张大千的二哥,所画《五牛图》《八骏图》等作品虽然很有名气,但仍以擅长画虎著称画坛。

为能向张善子先生学到画虎的绝技,蒋宏岩则特意登门拜师。一天,他按照陈州风俗选购了一条大鲤鱼,拎到张先生家,从窗外见到张善子正聚精会神地作画,未敢惊动,立在门外等候。尽管外面细雨绵绵,淋湿了衣

衫，但他一直耐心等候。直等到张先生要到外泼水，偶一开门才发现他，惊奇地问："你怎么不进屋呀?"蒋宏岩说："怕扰乱先生作画的思路，就在外面等一会儿。"张先生很受感动，随即告诉他，以后来时尽管敲门好了。当看到蒋宏岩手里提着大鲤鱼，好奇地问："你这是做什么?"蒋宏岩面色一红，不好意思地说："区区薄礼，请先生哂纳。"张先生一听，哈哈大笑道："我们南方人送礼是不提鱼的!"笑过了又说："想学画虎可以，我今天就收下你这名陈州弟子，可以后再不许带什么礼品了!"蒋宏岩高兴地立即跪地拜师。从此，张善子作画时，他便给先生研墨抻纸，同时细心观察其作画的技巧。张先生见他学得很用心，有时则让他代描画稿，并详细讲解如何运笔、泼墨、渲染等诀窍，使蒋宏岩深受教益。

　　1931年，蒋宏岩由昌明美专毕业后，被分配到陈州师范任美术教员。教学之余，为以文会友，他又在城东街开了个博古斋，又卖古玩又卖画，眼见就要在画坛有一席之地时，不想就在这个时候，他"认识"了陈州虎痴甘剑秋。

女

票

　　甘剑秋也画虎，与蒋宏岩不同的是，甘剑秋画虎是"偷画"。也就是说，甘剑秋练习画虎时没人知晓，一直处于保密状态。其实，蒋宏岩和甘剑秋早就认识。因为甘剑秋在北关开了个装裱店，蒋宏岩经常拿出去装裱，但他却不知道甘剑秋会画虎。后来方知，这甘剑秋不但画虎，也养虎，每日观察，画了上百幅的速写，熟虎于心，所以画得极活。这样"隐藏"了十几年，直到有一天，他将精心画的一批老虎拿到上海去找张善子，一下子就得到了张善子的赏识。张善子助人为乐，在上海帮他搞了一次画展，使他一举成名，被画坛誉为"陈州虎痴"。甘剑秋在上海一夜成名的消息很快反馈到陈州，在陈州画坛掀起了不小的波澜。当然，受打击最大的自然要数蒋宏岩。与甘剑秋相比，蒋宏岩只是张善子的学生，而甘剑秋却能与张善子称兄道弟，从辈分上就先差了一截儿。另外，甘剑秋埋头苦画一直封闭消息，成名不成名皆有后路，而蒋宏岩却是"山雨欲来风满楼"，还不会作画时就已喊得人人皆知，自己把自己逼上梁山，不成名落人笑柄，成了名也不会令人惊奇。现在甘剑秋一举成名，更显得蒋宏岩按部就班一步步进入画坛的缓慢和笨拙。最不同的是，甘剑秋是"看虎画虎"，而蒋宏岩则是"看画画虎"——可以说，甘剑秋是用心画虎，而蒋宏岩只是用技画虎,不在一个档次。

蒋宏岩虽然认识甘剑秋已久,但真正"认识"甘剑秋,是知道他画虎以后。而那时候,甘剑秋已在上海被誉为"张善子第二"了。为此,蒋宏岩深感震惊,震惊之后是不可抗拒的嫉妒和沮丧。他原想在陈州一带以画虎之长打出自己的旗帜,又有"张善子高足"这块牌子做后盾,一定会成为地方名流。不想半路杀出了个程咬金,一下把他打入了冷宫。与甘剑秋相比,首先就在目标上输了一着。人家双目盯的是全国甚至是全世界画坛,而自己只求当个"陈州名人"。取法乎下,何谈其中?现在可好,人家甘剑秋画的老虎就如同一座高山,给自己在艺术上造成了难以逾越的鸿沟。也就是说,陈州有了甘剑秋,蒋宏岩再想坐画坛头把交椅就极其困难。于是,蒋宏岩就有了思想包袱,再也没有了画虎的兴致。

慢慢地,蒋宏岩就颓废了下去,时常喝得酩酊大醉,显得很潦倒。

为此,陈州人极其惋惜,本该成为一代画家的蒋宏岩,却因突然出了个甘剑秋使上进的心受到打击,从而变成了庸才。人生有许多机遇和关口,专在那儿等着似的。如果甘剑秋晚出山五年,蒋宏岩很可能已经功成名就,只可惜,正当他艺术上突飞猛进之时,甘剑秋的出山却给了他个"卡脖旱",无形中竟成了他的灾星。

这好像是没办法的事情。

其实,是人们错误地估计了蒋宏岩,有头脑的蒋宏岩不因此沉沦,他只是大病了一场,借此机会把自己继续画虎的事儿隐藏了起来。他忍着病痛,偷偷买了只小老虎,关在笼里,天天逗虎画虎,决心二度出山时,再一举压倒甘剑秋。

论说,这种艺术上争高低的事司空见惯,只是几年以后,正当蒋宏岩身体康复且卧薪尝胆功夫练就将要出山小试之时,不想甘剑秋突然遭人暗杀了。蒋宏岩闻知消息,如炸雷击顶,大吐一口鲜血,仰天呐喊:天灭我也!

果然不出蒋宏岩所料,由于一时找不到凶手,陈州人皆疑是蒋宏岩因妒忌而雇人杀了甘剑秋。蒋宏岩有口无处辩,只好把重新练得的画技一直隐藏着,单等甘剑秋一案侦破之后,再出山不迟。岂料县府无能,甘剑秋的案子一直破不了。蒋宏岩先是耐心等待,怎耐等来等去竟没人问

了。蒋宏岩急得火烧火燎,有心想雇私人侦探寻找凶手,但又怕落下个"贼喊捉贼"的名声,万般无奈,他只好耐心等下去。好好一个人,偷练一身硬本领,急于出名外围条件又不允许,整日苦受煎熬,时间长了,受不住折磨,终于精神崩溃——蒋宏岩疯了。

蒋宏岩为什么会是这种下场?说不了。

画 家 姚 昊

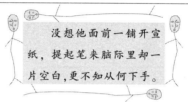

没想他面前一铺开宣纸,提起笔来脑际里却一片空白,更不知从何下手。

孙方友传奇小说

　　陈州姚家为书香之家,也算城内名门。姚昊少年时,正值科举废止,漫天盖地革命烽火,烤垮了大清王朝。民国肇造,局势动荡,军阀混战,争权夺利,也就苦了一代年轻人。姚昊懒得读书,又过惯了衣来伸手、饭来张口的逸少生活,只好困在家里啃祖业。时间如梭,转眼人到中年,文武皆不济,终显出窘迫。那时候他已无田地可卖,只好拿出祖传字画去换钱。开初不懂行,只跑古董店,好画卖不到好价,吃了不少亏。万般无奈,只得撕开脸皮,自己去与人讨价还价。好在他对陈州世家熟,人家见他能屈驾售画,便在怜悯中给他不少面子。时间一长,家藏所剩无几,便转手倒卖其他人文字画。有些世家常把看厌之次品,委托姚公子出手;还有些家境江河日下的世家,想卖家藏又放不下架子,也干脆托姚昊为字画经纪,而姚昊由外行变成内行,不仅善于鉴别字画,还练了一手作伪本领。

　　古画最宜作假的是工笔画。工笔画不像写意画讲究神韵,而贵秀丽干净,一览无余。由于不讲究神韵,所以

就容易描摹,因而伪品屡见。又因为古人作画多用夹宣,装裱师有本领将其揭开,画上一张装裱后物归原主,而下一张则可据墨迹另加描摹。如此一张画,经一描而再描,可父生子,子生孙,子子孙孙,无穷尽也。

　　姚昊就凭这套本领发了点儿小财。

　　作伪画赚了些钱,日子再不像过去那般窘迫。过去窘迫的原因是吃光了祖宗而自己没本领,现在有本领挣钱了就想发扬光大。由颓废变为奋进,在苦难中磨炼。所以姚昊在作伪画之余,就想创作,搞一点儿属于自己的东西。

　　而实际上,创作并非易事。过去的岁月里,姚昊只是描摹。虽是照本宣科,但无形中也打下了一些基本功。姚昊知道自己要走出临摹,还需要有一个过程。既然是过程,就不可超越。姚昊平常多描摹人物,所以创作伊始也就想到要先画人。没想他面前一铺开宣纸,提起笔来脑际里却一片空白,更不知从何下手。那时候姚昊就嫌自己太笨,心想自己大概不是画画的料儿,只是一块偷画的坯子,属"文贼星"之流。由于平常做伪画属"地下工作",又不敢向别人说明自己会作画,所以也不敢求教于人。姚昊的创作过程是极其艰难痛苦的,每每坐在画案前,他就感到孤独和笨拙。大概就在这时候,他得了一幅名画。那画名叫《钟馗醉归图》,作者一反钟馗捉鬼时的凶恶面貌,而是画了一骨瘦如柴的老头儿。那老头儿膝下双腿裤脚高卷,右手撑一岳阳雨伞,左手提一湖南灯笼,如风摆柳似行于雨中。画面题有四句令人喷饭的打油诗:

　　　　破伞孤灯雨着泥,
　　　　不知南北与东西。
　　　　贪杯不觉归来晚,
　　　　战战兢兢怕鬼迷。

　　姚昊一看这幅画,凝神如痴许久,突然击掌称绝,高叫一声:"我明白了!"姚昊明白了什么,没人知道。只是他后来果真成了一名很独特的怪派画家。纵观他的画作,多是从世人中临摹而来——用现在的话说,就是源于生活,艺术上也多是反古人的,跟人家的不一样,人称"陈州一怪"。

当然，这是后话。

当年姚昊迷上作画以后，再不搞伪作，整天埋头作画，可谓废寝忘食。只可惜，他在倒画行是高手，在画界却没名气。人微言轻，画了画也卖不掉。加上画画需要纸张和颜料，玩不起，慢慢地，姚昊又穷了下去。

今人奇怪的是，这一次姚昊穷得精神，走路目不斜视，一副清高的样子。

过去的同行就笑他，问他这是何故？他认真地回答："说出来怕你不懂，只有重新做人了，才知道做人的精贵！"

民国二十一年秋天，姚昊的一位旧友从英国归来，见到了姚昊的作品，大吃一惊，声称姚昊简直是中国的毕加索。那朋友很有钱，资助姚昊在上海举办了一次个人画展。上海滩是中国艺术的先锋，画展十分成功。一百多幅画没几天就被抢购一空。望着成箱的银元，姚昊双目如痴，流动中喷出了一口鲜血。那鲜血喷在白花花的银洋上，结成一粒粒血珠儿，像一朵朵儿绽开的梅花儿！

姚昊对那位朋友说："我终于被世人承认了！"言毕，禁不住老泪纵横……

花　杀

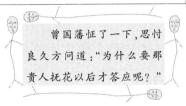

曾国藩怔了一下,思忖良久方问道:"为什么要那贵人抚花以后才答应呢?"

覃怀公馆,又名四圣会馆——是周家口的著名公馆,名就名在清同治年间,两江总督曾国藩,钦差大臣李鸿章为镇压捻军,曾先后进驻过这个地方。

据考,覃怀公馆在周家口颍河北岸迎水寺。占地约30余亩。寺内建有山门、东西配房,东偏院有僧室、禅堂九间,大殿为悬山式,内塑岳飞、张显、汤怀、王贵四公像。四人皆怀庆府人,同拜周侗为师,皆宋之名将,精忠报国。在周家口经商的覃怀人以有此同乡引以为豪,捐钱建馆,尊称四圣,作为流落他乡的精神支柱。

周家口就是现在的周口市,位于淮河上游,颍水、沙河、贾鲁河在境内交汇,不但是商贸重镇,也是兵家必争之地。

事实上,曾国藩两次来周口,一次是路过,一次是驻节。路过的时间大概是 1840 年,他从湖南赴北京任职时,曾小住了几日。他第二次来周口是同治五年,也就是 1866 年,当时捻军在皖北、豫东一带活动频繁,他是奉命来"剿匪"的。

"捻军"是太平天国时期发展起来的北方农民起义军,活动在苏、鲁、豫、皖广大地区。1864年"捻军"主要领袖张乐行牺牲后,1865年便分两路开展活动。一路由赖文光率领转战鄂、豫、皖、鲁之间,一路由张宗禹率领进入秦、晋地区,准备配合西北的回民作战。

当时清军有四个驻防地点:徐州、济宁、归德、周家口。曾国藩于同治四年五月初五接到朝廷快信,命他督师"剿贼"。开初他以徐州为驻地进行指挥,后根据形势发展,方决定移驻周家口。

据《曾国藩家书》所载,曾国藩于1866年农历八月初九到周家口,即以周家口为"老营",坐镇指挥"剿灭捻军"的军事活动。在周口期间,曾文公就住在这覃怀公馆里。

住在覃怀公馆里的曾国藩生活极有规律,除办公批阅文件和会见客人外,每天读书、写字,并坚持散步、下围棋,同时每月三次写家书,专差送达。对每月初一、十五的"贺朔""贺望"之客一律谢绝。十月十一是曾国藩的56岁生日,宾客一概不见,只接见了好友彭玉麟,并与之同吃早饭。

直到傍晚时分,曾国藩才走出书房,在公馆院里散步。时至初冬,一切萧条,公馆前庭两旁却菊花盛开,养花人是个年近七旬的老者,姓胡,是公馆内的守门人。两江总督住进公馆,自然是岗哨森严,再用不着他守门户。没事干,他就每天扫扫院子,摆弄各种花卉。当初曾国藩进驻公馆时,要求庙院内所有闲杂人等扫地出门,一个不留,不想总督大人进院第一眼就见到了庭前的各种花草,问是何人种栽?陈州府役急忙派人查询,找到胡老汉,通过一番"政审"之类的调查,见胡老汉并不是"长毛"、"捻军"之余党,便破例留下了这位老花匠。也就是说,这军事要地,胡老汉可随便出入。

事实上,这胡老汉从小就是孤儿,是跟随覃怀公馆里的老和尚长大的。令人奇怪的是,他在这座庙内住了几十年,却一直没剃度出家。据说那位老和尚就是养花高手,一段时间里,庙内的给养就全靠卖花支撑。当初老和尚不让胡老汉出家的目的是想让他为胡家续一脉香火,不想胡老汉养花弄草着了迷,一生未娶。后来老和尚圆寂,公馆里香火日衰,胡老汉便利用卖花收入,修葺破庙,塑神真身,并给公馆请来了两个和尚,原

想再复当年鼎盛,不料曾总督看中了覃怀公馆的整洁和宁静,便在此挂印升帐了。

那时候曾国藩已来周口两个多月,几乎每天都和胡老汉见面,自然已经相熟,开初,胡老汉有点儿"怯"总督大人,后见曾国藩和蔼可亲,满腹经纶,便慢慢自然了。更令胡老汉佩服的是,这曾大人虽官至极品,却也爱摆花弄草,尤其念起花经来,一套一套的,听得胡老汉瞠目结舌。因为他一生只重实践,凭经验弄花,而曾文公却从理论上讲起,一说一个透亮,使得胡老汉豁然开朗,禁不住五体投地,连连地说:"没想到您这般大学问! 真没想到!"

九月菊开,十月正旺。胡老汉为让曾大人散步时赏花悦心、调情养性,便把盛开的菊花摆得错落有致,满院飘香。曾国藩走到花前,很悦心地赏花,时而弯腰闻闻这一朵儿又闻闻那一盆儿,最后禁不住伸手要抚摸,不想手到半路突然意识到什么,笑着对胡老汉说:"只顾醉花,差点儿让污气浊了圣洁!"

胡老汉望了曾大人一眼,恭敬地说:"大人,一般人摸花,使花沾染浊气;而大人若抚摸一下,能使花儿显出灵气!"

"此话怎讲?"曾国藩好奇地问。

胡老汉说:"师傅在世时,每培出一种新品种,必请少女抚花,只有沾了少女的灵气,才会越开越艳。"

曾国藩大笑说:"胡师傅真会开玩笑,少女抚花花开更艳,可我一个半百老头子能给花儿带来什么呢?"

"大人,话不能那样说。"胡老汉说,"我师傅说,花开平常人家,只是图个好看;花开富贵人家,花随人高贵;花开古庙寺院,就含着某种禅机;花开官宦之家,自然也就有了品位。帝王家的花匠也是六品官哩!"

曾国藩又大笑,说:"胡师傅,这么多天只见你弄花养草,听我瞎叨叨,却不曾听到你这如此高论。今听你一说,还真是那么回事儿!我问你,这与我抚花有什么联系呢?"

"小人不敢讲!"胡老汉望了一眼曾国藩说。

"恕你无罪!"

"我师傅临终时对我说,要我无论如何也不要离开覃怀公馆,并要我

女
票

好生养花,说是有朝一日将得到一位贵人的赏识,这贵人将带我离开这里。但有一条,那贵人必须抚花以后才能答应带我走!"

曾国藩怔了一下,思忖良久方问道:"为什么要那贵人抚花以后才答应呢?"

"小人不解禅机!"胡老汉说。

"我现在确实没带你走的意思!"曾国藩说,"如果你师傅说的那人是我,那就不妨一试!"言毕,曾国藩伸手抚了一下盛开的菊花。

不想一瞬间,那菊花竟突然枯萎了!

曾国藩目瞪口呆!

胡老汉也目瞪口呆!

曾国藩扬起手很认真地看了又看,最后长长地"噢"了一声,说:"怪不得我养不得花,可能是因为我杀气太重之故吧?"

……不久,曾国藩的儿子曾纪鸿来周口时,曾文正公果真让儿子带胡老汉去了南京。

懒 和 尚

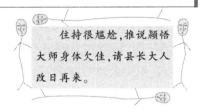

住持很尴尬，推说颖悟大师身体欠佳，请县长大人改日再来。

懒和尚法号颖悟，陈州人，据说他俗姓吕，3 岁丧母，自幼出家，在人祖庙内有"活济公"之称。说他活济公并不是因他会看病什么的，而是他懒散像济公，常年不更衣，不沐浴，遍体油垢，人称"懒和尚"。

懒和尚却是陈州一带有名的画家。

年轻时期的懒和尚，曾到湖北汉阳归元寺受戒。接着，他就开始云游于江、浙、皖、闽之间，访名师，拜寺院。后来有幸在灵隐寺挂褡为客僧。那一年他 25 岁，风华正茂，开始习国画，他初画粉蝶，继习山水，间或写梅。他的山水初学"四王"（即清初山水画家王时敏、王鉴、王翚、王原祁），远溯宋、元，晚年力学清初一个山水画派——新安画派。

懒和尚的画，真实而神奇。尤精于矮纸横卷和斗方册页，变化不可方物，非俗笔可以望其项背。无论是方寸小品，还是八尺巨幅，或寥寥数笔，或浓墨重抹，都给人以清新恬淡、隽秀飘逸的艺术感受，观之心旷神怡。懒和尚在杭州灵隐寺挂褡之后，从上海乘船溯江西上，路经安庆时,为迎江寺住持僧所挽留。由于安庆与佛教四大名山之一的九华山相距仅百里,懒和尚常去九华山"饱餐大江秀色,九子风光。胸中丘壑,笔底云烟"。他画山水,既得古法,又出己意,游历山川,云烟供养,熔铸胸中,山山水水,信心拈来,无不精妙。

50岁那年,懒和尚回到了陈州。

那时候,大清朝刚刚灭亡,陈州设立了县政府。新任县长吕怀远,很爱收藏名人字画,听说颖悟大师回到了陈州,认为近水楼台先得月,急忙前去北关人祖庙拜访颖悟大师。因为是县长,人祖庙住持不敢怠慢,便派人去请懒和尚。不想连请三趟,那懒和尚硬是不给面子。住持很尴尬,推说颖悟大师身体欠佳,请县长大人改日再来。吕怀远听后并不生气,对住持说:"我今日来做神事是假,来求见颖悟大师是真!一个人佩服一个人,他就是那个人心目中的神!如今神不纳我,我也没有办法!"言毕,就带人回了县衙。

吕县长走后,庙内住持便走到后殿,抱怨颖悟大师说:"县长来了,你怎能不见呢!小庙在他辖地,不可贸然得罪的!"

懒和尚道:"这县长上任几时了?"住持回答:"听说已近半年了!"

懒和尚笑了笑,问:"他这是第几次来?"

住持回答:"头一次!"

懒和尚伸了伸懒腰,打了哈欠,说:"这不就是了!我未来之前,他一次不来!我刚回,他就来了,说明他是为我而来!他专为我而来,我就可以不见!"

住持叹口气说:"小庙破旧不堪,原想借机要县长批点款项修葺一番,不想你却因此把县长得罪了!"

懒和尚说:"我得罪了他,并不意味着你得罪了他!你对他有什么要求只管提好了!"

住持又叹了一口气,说:"大师不知,小庙在他心中根本就没丁点儿位置!他说他来敬神是假,求见大师才是真!"

懒和尚说:"这不得了!你如果得罪了我,可比得罪县长还厉害!"

住持望着懒和尚,无奈地摇摇头,走出了懒和尚的寝房。

不想第二天,那吕怀远又来到庙里,先做神事,然后要求拜见颖悟大

师。住持望着县长，面带难色地说："昨儿个我与大师商量半宿，他说小庙破烂不堪，要县长批款把庙宇修葺一番，才肯与大人见面！"县长一听，沉思片刻，当即批了款项，对住持说："好吧，抓紧时间修葺庙宇，别让我度日如年就是了！"

住持得到款项，请来工匠，很快把庙宇修葺了一番。得知北关人祖庙修葺完工，吕怀远匆匆来到庙内，见到住持，要求见大师一面。不想那住持又面有难色地说："大人不知，这几日我一直和颍悟大师商量见你的事情，他竟说光修庙不洗神，等于没修！"

吕县长不解地问："什么意思？"

住持说："大师要求您再批款项重塑诸神真身！"

县长一听，眉头打结，最后长叹一声，还是批了塑神的款项。

不久，北关人祖庙重塑诸神金身，大殿二殿一片金碧辉煌，香客如云，鼎盛空前，住持高兴万分，对懒和尚说："这个姓吕的县长真好，明知我是借你拿大向他要款项，他却一一答应了！"没想到懒和尚一听，长叹一声，对住持说："你哪晓得，他是我同父异母的弟弟呀！"

151

女
票

住持一听，怔然如痴，许久了才说："大师虽断俗根，但为着他做了这么多善事，也应该见他一面呀！"

没想到懒和尚很坚决地说："如果他是一介贫民，我早已救济他了！现在他为一县之长，急着见我无外乎有三：一是诉说骨肉情；二是炫耀其官位；三是想求得我的书画！如果他再来求见，你就把这个交给他！"懒和尚说完，递给住持一封书信，便又四处云游去了。

果然不出懒和尚所料，几日没过，吕怀远又一次来到了北关人祖庙。

原来这吕县长真是颍悟大师的弟弟，几年前，吕怀远奉父命去湖北寻找哥哥，正赶上武昌起义，便加入了革命军。由于他读过洋学，打仗勇敢，很快升为营长，又加上他和上司是老乡，便被委派为陈州县长。

吕怀远见到住持，仍是要求面见颍悟大师。住持根据懒和尚的安排，把那封书信交给了吕怀远。

吕怀远接过那封书一看，上写洞山良价禅师的一段禅语：

切忌从他觅，迢迢与我疏；

我今独自往，处处得逢渠；

渠今正是我，我今不是渠；

应须恁么会，方知契如如。

吕怀远看完信，再没说什么，扭脸走了。

从此以后，他再也没来过人祖庙。

再后来，吕怀远在陈州颇有政绩，为民干了不少好事。

吕怀远下野后，回乡为民，过上了隐居生活。一天，有一出家人专程找到他，说是有人让捎给他一个木箱子。吕怀远打开一看，箱内全是颍悟大师的画作。吕怀远一看到自己久盼的兄长墨宝，禁不住潸然泪下。

他知道，颍悟大师已经圆寂了。

王 子 由

> 如果满纸荒唐,大清的考官肯定也不是吃素的,更不是那般好唬的。

　　王子由是项城人,与袁世凯是老乡,雍正年间的进士。据说这人才思如涌,极有智慧,算得上是聪明绝顶的奇才。他文章虽好,但极不爱作八股文。有一年乡试,他竟用屎壳郎沾墨汁在试卷上乱爬,扬言这是用外夷文答卷,唬得考官竟取了他个第一名。这自然有很大的演义成分。试想他就是用屎壳郎爬也不会乱爬或全爬,一定是把前几道题答得出色超群,惟用后边一道或两道题与考官开了个玩笑。很可能这玩笑也开得极有分寸,决不会让一只沾墨的屎壳郎将干净的试卷弄得脏兮兮的,拿自己的政治生命当儿戏。他想出奇制胜,必须要有节制。据说他只是把那只屎壳郎盖在墨盒盖下,让它爬了一个长方形图案。这样整个答卷就与众不同了,透出整洁、奇特和灵气。也就是说,这是一个非凡的预谋。这预谋的关键部位是他必须用前面的真功夫先"震"了考官,考官才会相信答卷后边的"洋文"是出自一位旷世奇才之手。如果满纸荒唐,大清的考官肯定也不是吃素的,更不是那般好唬的。这就像几百年后的那位"白卷先生",如果他光交白卷，也不会被破格录取，只有靠他的那封辩解交白卷的信才会引起上头的重视。无论他臭名远扬或蹲监下牢，那封信不能说没有一定的水平。也就是说，靠旁门邪道捞名誉的人，并不是没一点儿本事。这就像那个江青，虽然她篡党夺权，但她的摄影艺术和抓戏的本领你不可全盘否定。而这个王子由与众不同处就是他不只是那种有一点儿本事的投机者，而是一个旷世奇才。这种人对世事看得透，把握时机比较准确，如果后来不是碰上小人暗算，肯定会成就一番大事业。

王子由曾写过一篇《沛然下雨》，现抄录如下，与看官共赏之：

> 西北大风起，东南如鏊底。那雷也，那闪也，那雨好似箭杆也！瓢泼也，盆倒也，一滴一个小泡也。沟满也，河平也，房倒也，屋塌也。赤脚也，光腿也。蓑衣哗哗啦啦，泥机子呱呱嗒嗒，蛤蟆咯咯哇哇。蚂蚱不能飞，蚰子不敢动，何况老扁秃蚱子乎！

可以说，这是一篇出自雍正年间的白话文，既"下里巴人"又"阳春白雪"，既高于生活又源于生活。用现在的话说："艺术就是写真，'写真'就是描摹具象，描摹具象就是现实主义。"这位几百年前的现实主义作家，在当时肯定是先锋派。

王子由住的村子叫王双楼，村名是以村中有双楼而起。这"双楼"的主人叫王老贵，他有个儿子叫王全。王全与王子由不但同年同月，也是同窗好友。平常时候，由于子由家贫，这王全没少资助他。在学业上，王子由也没少帮助王全。二人不负众望，同年中秀才，三年后又同榜中举。这一年是大比之年，"二王"同时进京赶考，住在一家客栈内，故事便在这里开始。

这家客栈名叫"聚鑫客栈"，店中有个小二，叫王娃，赶巧这王娃和王子由、王全是同乡，春天里刚来京城打工。王娃他乡遇亲人，很是激动，对王子由与王全照顾得无微不至。一天晚上，王娃来到"二王"房内，说是深秋已至，塞外寒气即将袭来，想起家中有顶帽子，想让父母托人捎来，并说信已写好，只是字如狗爬，央求王子由帮助誊写一遍速速寄走。代人家书，是文人美德，子由欣然同意，不想接过王娃的信一看，差点儿笑破了

肚皮。原来这王娃生性啰嗦,写出信来仍是习性不改!

父母亲大人:

　　堂前膝下,万福金安。万字乃方字无点而代之,代字与伐字不同,有撇没撇而分之。北京也,乃皇上和文武大臣议政集会之都城,大造花园也,大修金銮殿也,花钱千千万也,大派杂税也,大摊银子也,咱也管不着也,与咱无关也。昔日写信累赘,今日不累赘也。啰嗦就是累赘,累赘就是啰嗦也。言转正也,家中有帽子给我捎来也。

女
票

　　王子由边誊边读于王全听,直笑得王全捂肚子。王娃还认为自己写得不够详细,忙央求王子由再添内容。王子由笑道:"我若有本事在你的文中能插上几句,这回肯定能中头名状元了。"

　　不想就是这封信,使得王子由差点被杀头,原因是那一年王子由中了进士,而王全却名落孙山了。这王全原是个心地狭窄的小人,嫉妒心极强。一开始,他与王子由同中秀才和举人,心理上比较平衡。大比之年,他深知自己的才华不如王子由,深怕王子由高中自己落榜无颜面对江东父老,正在犯愁,恰巧碰上了在京城打工的王娃,便用银钱收买了他,让他写下这封信再求王子由誊写。那天王娃一出门,他就跟了出去,漏下了那封信。证据到手之后,他做了如下打算:如果自己与王子由同榜高中,也就算了;如果自己高中王子由落榜,更不能多找麻烦;如果只有王子由一人中榜,那就不客气。后来果然王全落榜王子由金榜题名,王全便将王子由代人书写的手迹递了上去。雍正年间的文字狱触目惊心,王子由当下就被抓进了大牢。好在正赶秋决之时,雍正驾崩,乾隆登极,遇上大赦,才免一死。

丁 济 一

陈州城内北大街有一家诊所,医生姓丁名济一。丁济一不但医术高明,而且有胆有识,智勇兼备。1948年冬,国民党县政府反动势力被打垮,人民政权尚未建立,解放军又南下追敌,陈州城陷入无政府状态,土匪、流氓、小偷借机捞财,闹得陈州城一片混乱。丁济一估计自己收入颇多,又是名人,定惹人眼红,肯定是被劫对象。过去有政府做靠山,日子过得还算踏实。现在没政府了,一切都得靠自己。为对付土匪,他钻过地窖,请过保镖,但都觉得不保险。最后终于想出高招儿:爬房顶。也就是说,房顶是土匪们的"盲点"。每天太阳一落,他就悄悄爬上自家房顶,藏在暗处。连躲了数日,不见动静。他好生奇怪,认为土匪把他列为了重点,单等最后收拾。于是他更加警惕,照天爬房顶躲匪患。冬天天冷,北风一吹,房顶上更是如同冰山。丁济一为防寒,穿了三件棉袄,外面又穿了一件老羊皮袄。这样,他就显得极其笨拙,加上他个不高,像个大狗熊一般。人穿得太多也不舒服,痒了不能挠,举手投足都十分困难。就这样坚持不到半月,丁济一却有点受不了了,无形中竟从心底深处盼土匪早日来抢一回。而且这种盼匪来抢一回的心理随着房顶上受的煎熬的增加越来越强烈。一日深夜,突然下起了小雪,丁济一心里被折磨得火烧火燎,身上却冻得吃不住,上牙磕下牙,禁不住长吁短叹,骂道:"日他娘,咋还不来!"

不想,第二天天一亮,丁济一家的大门就出现了一张白纸条儿。白纸条儿上面写着:朋友,现向你要现洋壹仟元,限二日内办齐,在夜间子时,以吸烟为号,在城北于楼树林里交款。如敢抗拒不办或延误日期,把你全家杀光,鸡犬不留!这就是所说的土匪"贴条子"。若放在别家,全家人定会吓得大哭小叫,惊慌失措。而丁济一已受了多日洋罪,见一千块钱就能买个平安再不上房顶,而且精神从此得到解放,像是遇上了救星一般,颤抖着手揭下那张条子,双手捧着,激动万分地说:"我可把你盼来了!"

丁济一直嫌期限太长,在屋内急得像热锅上的蚂蚁,来来回回地踱步,好不容易熬到第二天夜里,早早地就准备起来。他担了两个筐,前面是一千块大洋,后面放满了糕点、香烟等礼物。虽然他从心底深处盼着早点见到土匪,禁不住还是有些怕。家人更是为他担心,又烧香又求神。看外面人脚定了,他急急告别家人,壮着胆子,走出北城门,然后沿着蜿蜒小路,奔向指定的交款地点。

于楼——离北关约有三里路,只有几家住房,村东有一片树林子,是个比较偏僻的地方。丁济一挑担走进树林,望望四周,默然坐下,稍事休息,平静一下心态。不一会儿,掏出怀表看看,快子时了,便把香烟放到嘴里吸着。夜,寂静,田野四周更是静得可怕。好在丁济一已有在房顶上受了多日折磨的经验,对这种等待已不当回事儿,便又燃了一支烟。这时候,他听到西北方向有狗叫声,接着像是响起了脚步声,由远而近,他心中顿时紧张起来,以为是接款的土匪来了——可等了多时,仍不见有人过来,丁济一又疑心起来。心想如果今晚交不上款,明天不但没有好结果,更会再受那种可怕的煎熬!想起自己在房顶上身穿三件棉袄外加一件羊皮袄像皮球一样滚来滚去冻得脚麻手木脸如刀割,丁济一恨不得马上把钱交给土匪们,财去人安乐。自己受那么多不该受的罪不都是为了保护几个鸟钱吗?是钱迷了自己的心窍,再不能执迷不悟了!

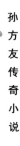

为能早日卸掉心中的沉重包袱,丁济一产生了某种反常心理,那就是强烈地破财心理,他站起身,来回走动,把烟火吸得亮亮的,以扩大目标,迫不及待地盼望着收款的恶人。

可是,时间一分一秒地过去,眼见东方发白,天就要亮了,仍然不见一个人影和狗影。丁济一心急如焚,恨不得想把夜幕重新拉上,他左看右看,双目似要喷出火来,禁不住走上一个高坡,放声喊了起来:"我来交钱了!我来交钱了!为啥不来取呀!我日你妈!"

不想这憋在心中的话一喊出,竟再也控制不住自己,似长堤崩溃一般,一泻千里,淋漓尽致,越喊越想喊,越喊越不能自已,越喊越凄厉……陈州城里到处是他的喊声,一片恐怖。

从此,丁济一就变成了丁疯子。

第 四 辑

龙 泉 剑

龙泉剑

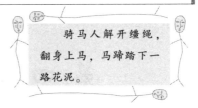

骑马人解开缰绳，翻身上马，马蹄踏下一路花泥。

　　石榴花，爆红了小院落，染红了天空。

　　石榴花下，拴着一匹马，马背上落满了石榴花。骑马人走来，马一嘶，石榴花都抖落。骑马人解开缰绳，翻身上马，马蹄踏下一路花泥。太阳追赶着马和人，阳光被踢得七零八碎。

　　骑马人身背一口宝剑。

　　宝剑名叫"龙泉剑"。剑柄、剑鞘皆用质地刚毅、纹理秀美的花梨木制成，色质褐黄，古色古香，上有雕花铜皮包饰，太阳光下闪着浑厚的光泽。这是祖传宝剑，骑马人要去城里卖掉它。太阳一竿子高的时候，骑马人进了陈州城。他取出一棵青草，别在了剑鞘上。有人围拢来，问剑如何。骑马人此时被称为卖剑人。他笑笑，"嗖"地抽将出来，只见一道寒光，犹如青龙出水，威严逼人。那剑身三尺长，剑刃两面刻有飞龙舞凤，栩栩如生。龙凤之上各有一组七星图像相对应。据传龙凤宝剑创始人名叫欧冶子。当年欧冶子奉旨铸剑，到了山清水秀、人杰地灵的秦溪山下，凿开茨山，泄溪铁英，经过千锤百炼，终于大功

告成。当第一对雌雄剑铸成时，不料宝剑忽然化成一龙一凤遨游于云际。

欧冶子铸剑之地有 7 口水井排列成七星状，欧冶子便在剑上刻上了七星子和龙凤图案。

"这叫龙泉剑！"卖剑人望了望众人说，"李白有诗云：'宁知草间人，腰下有龙泉。'说的就是这种剑！"卖剑人言毕，将剑直立，对着阳光照了照，然后扳过剑梢，把剑卷曲成一个圆，再将手一松，那剑挺直如初。围观者赞叹不绝。有人问价，卖剑人伸出三个指头："纹银 300 两！"

众人禁不住咋舌，唏嘘。

少顷，人群中走出一少年，十二三岁的样子，好奇地问："利吗？"

"坚韧锋利，斩铜如泥！"卖剑人顺手托起马镫，挥剑削去一个角儿。然后又割下几根发，放至剑上，轻轻一吹，发被吹断，纷纷落地。众人一片赞叹。

那少年接过剑，认真地从剑梢看到剑根儿，用手指轻轻抚摸一下，又问："砍肉呢？"

卖剑人不屑一顾地咧了一下嘴角儿。

那少年见卖剑人傲慢，顿了片刻，突然扒了光脊，运气，气足，然后举剑朝腹部砍去，连砍三剑，腹皮上只显三道白印儿。众惊诧。少年笑笑，望了望卖剑人，穿衣掷剑，扭身便走。

女票

卖剑人尴尬万分，拾剑又对着太阳照了照，突然挥剑朝那少年刺去。听到剑声，那少年猛然转身，闪过利剑，顺势抓住剑柄，走过来，伸手要剑鞘。卖剑人张大嘴巴，迟疑，掷过剑鞘。那少年接了，剑入鞘，道谢一声，转身便走。

"钱！"卖剑人高喊，"300 两纹银？"

少年上步，扭头扮鬼脸，笑道："命已让你玩了一回，剑值几何？ 如若要钱，此刻让俺玩一回你的命！"

卖剑人骇然，拱手抱拳，骑马走了。

日偏西，骑马人到了家。石榴花落满的小院里鲜红如血。妻子走出来见骑马人空手而归便高兴地问："卖了？"骑马人叹息，答："碰上了高手，没得一文钱！"

妻子满面流泪，哭着说："孩子的病……"

骑马人为难地看了看妻子，一脸苦楚。突然，他像是想起了什么，十分懊悔地捶首顿足。妻子止住了哭声怯怯地望着丈夫，不敢出声。

骑马人仰天长啸："天哪，我用了一辈子宝剑，却不得剑的精髓！"

身后传来笑声。骑马人扭脸望去，见一须发皆白的老者，手擎龙泉剑施礼道："今日孙子冒犯壮士，多多得罪！"说完，双手呈剑，"老朽特来负荆请罪，万望壮士海涵！"

骑马人怅然片刻，"扑通"跪地，诚恳地说："龙泉剑，刚柔并寓，能缩能伸，佩剑人理应有此种品德。我不配此剑，请老伯转交给令孙！"

"壮士过谦！"那老者拈须片刻，问道，"不知壮士为何要卖掉这祖传宝剑？"骑马人长叹一声，说了实情，然后领老者进屋。老者望了望那躺在床上昏迷的孩子，然后把脉抚额，好一时才说："孩子属中风，风气不出，危在旦夕！"说完，沉思一时，又说："鄙人那顽皮孙子身怀绝技，不如让他用气功之法为令郎一试！"

骑马人千恩万谢。

那老者一声高喝，原来那少年就在门外，听得爷爷呼唤，满面愧色走进室内。老者交代一番，那少年开始运气发功。一时间，满室物什颤抖，病孩身上被褥如风吹拂。少顷，病孩满身出水，如进蒸笼……突然，病孩睁开了双目，左顾右盼，接着折身而起，高叫口渴……这时候，只听见"扑通"一声，那少年跌倒在地。众人看时，见他面色惨白，汗水如洗。骑马人急忙扶起那少年，像突然明白了什么，痛惜万分地对老者嘶吼："你不该让他自废武功！"

老者面色如铁，接过浑身发软的孙子，喟然长叹道："学武功不易，重武德更难！他少年狂傲，理应先学做人再习武艺才是！"

骑马人惘然若失，回室正欲看病愈的儿子，不想一眼看到了龙泉剑。他惊呼一声，提剑上马，一路呼喊，朝那祖孙二人追去……

童 义 仁

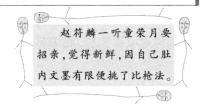
　　童义仁,陈州北关人,弟兄六个,以他为长,一切家务由他掌管,在陈州开设粮行兼车马厂,自备马车数辆,从事私盐和粮食的贩运。

　　民国初年,童家一姓牛的佃户伙同土匪数十人打家劫舍,童家成了窝主,坐地分赃。1911 年 12 月,陈州百姓恳请驻周口北洋陆军第八镇协统赵符麟来陈州剿匪,并要严办童家通匪之罪。童义仁恐慌万分,打算携眷潜逃,兄弟们多不赞成此举,提议要与土匪一拼,胜则有功,败则也可落下打匪美名。主意一定,便以宴请土匪头目为计,杀了土匪头子,得了财物,童义仁连夜到周口报功,并请赵符麟到陈州剿灭余匪。

　　赵符麟来到陈州后就住在童家,一日三餐酒席招待。赵符麟爱玩枪,童义仁也爱玩枪,二人经常比枪法。为讨得赵符麟欢心,童义仁专托人在省城购得快枪一把,送给了赵符麟,因此得到赵的信任。部队所需粮草均由童家经办摊派,并私加二成,多得款项和军队拨来的费用尽数装入私囊。短短两个多月,连赚几笔横财,

童家家产更丰。

不想这时候,却出了个意外,赵符麟竟看上了童义仁的小妹妹童荣月,当时赵符麟已年过五十,据说家中已有三房太太,连大儿子都已结婚生子,而童荣月还不到20岁。童义仁兄弟六人就这一个妹妹,个个对其疼爱有加。童荣月不但长得漂亮,而且知书达理,能诗会画,是有名的陈州才女。如此不般配的婚事,不但童荣月本人不同意,连童义仁兄弟也不会答应。可是,赵符麟十分狡猾,他对童义仁说:"你现在身上已有两大罪状:一是通匪罪;二是克扣军粮罪。虽然你帮我剿了匪,但当初通匪是事实。这两条罪状哪一条都可剿家砍脑袋,如果答应了婚事,一切都由我替你做主。"

童义仁一听,瞠目结舌,忙回后庭与弟弟们商议。众人一听赵符麟是个无赖,而且是故意设了圈套,便也没了主意。

这时候,童义仁的妹妹童荣月知道了这件事儿。

童荣月知道这件事后并不像她的兄长们那般惊慌,她对哥哥们说:"女大当嫁,本是很正常的事儿,这有什么?只是兄长们都想让我嫁个门户相对、年龄相当的公子哥儿那才叫般配,而嫁给一个岁数比自己大的人就属不正常。试问,如果大清不灭,我被选了妃怎么办?说不定你们还高兴呢?这赵符麟虽是个兵痞,但毕竟是个有权有势的人。他既然看中了我,我不怕。但要告诉他说,我不嫌他年纪大,只怕他没真本事。我要招亲:一是文招,赋诗对联;二是武招,比枪法。这两条他若有一条胜了我,我便答应这门亲事。若他输了,就让他断此念想,全当没有过这回事儿,该咋还咋。"

童义仁和众兄弟一听小妹说出这话,仍是不放心,说是若论赋诗对联,那姓赵的肯定不是对手,但要与他比武艺论枪法,你怎能是对手?童荣月对几位哥哥说:"你们尽管放心,到时候我自有办法。只是那姓赵的是个无赖,比赛时多多请人,人多他输了才会认账。"

童家兄弟无奈,只好将小妹的想法告之赵符麟。赵符麟一听童荣月要招亲,觉得新鲜,因自己肚内文墨有限便挑了比枪法。心想一个黄毛丫头怎会打枪。可能是小美人喜欢上了自己,故意用这一手捂哥哥们的嘴巴。跟我比武,不是有意往虎口送羊吗?为了尽快得到童荣月,赵符麟要

求三日后就比赛。

比赛当天,童家兄弟按照童荣月的吩咐请来许多地方名流,有政府要员,也有商贾大亨、文人雅士。赛场设在童家前庭院,用桌子摆了个半圆,两旁也安置了不少座位。赵符麟一身戎装,让人拿出童义仁赠送的那把快枪,在前庭花园的墙根处设了靶子。为公正起见,验靶人是三个:一个是赵的副官,一个是童义仁的小弟,还有一个是陈州北关教堂的长老。

早饭过后不久,请的贵客相继光临。由于赵符麟不讲朋友义气,童义仁很生气,有意推病不出面,让其二弟接待来客并致歉意。客人各坐其位后,由教堂长老宣布比武的规则,然后验枪,等一切齐备,那长老让童义仁的二弟唤出童荣月。

童荣月一出场,众人都震了。只见她一身白色西服,头戴白色礼帽,虽一身男装,却越发光彩照人。她在丫环的陪同下走到场中,先向诸位拱手施礼,然后入座。随着一阵唏嘘声,比赛开始。那时刻赵符麟早已看呆了,直到教堂长老唤他入场先射时,他还在发怔。

赵符麟走到中央,对童荣月说:"童小姐先请?"童荣月施礼说:"赵长官先请!"赵符麟说童小姐承让了。言毕,抓起桌上的快枪,推上膛一甩手,"啪、啪、啪"三枪射向靶子。很快,三个验靶人报数,三枪全中靶心。一片掌声。

赵符麟稳操胜券般朝众人拱手,然后望了一眼童荣月说:"童小姐,请吧!"

女

票

童荣月矜持地笑了笑,起身走进场中央,对赵符麟说:"那我就献丑了!"说完拿起桌上的快枪,潇洒地在手中转了个个儿,猛然间一甩手,"啪、啪、啪"三枪射向了三个靶子。三个验靶人跑上去一看,仍是赵符麟刚才射过的三个枪眼。三人都怔了,最后还是教堂长老"恍"出个大悟,连连叫道:"好枪法!"接着,童义仁的小弟弟也悟出了什么,对那副官说:"好枪法!"那副官弯腰又仔细看枪眼,也禁不住叫道:"好枪法!"原来童荣月打出的三颗子弹,全是从刚才赵符麟射过的枪眼中穿过去的。这一下,别说客人惊诧,连童家兄弟也惊诧不已,皆不知小妹是何时练就的这一手绝活。

赵符麟一见童荣月的枪法比自己的枪法好,自然不服,让人撤了刚才的靶子,换了新的,对童荣月说:"童小姐,这回你先打如何?"童荣月听后笑道:"打死靶有什么意思,我看咱们不如打活靶。"赵符麟一听说打活靶,便让人放出准备好的麻雀。童荣月一见雀儿飞起,大叫一声,挥枪便射,一只麻雀应声落地,全场一片欢呼,皆夸童小姐文武双全。这一下,赵符麟心中又烦又乱,连刚才的怀疑也烟消云散。由于心神不定,等人放出麻雀,打了三枪也没将麻雀击落,气急败坏地扭头走了。

当天下午,赵符麟就回了周口。

童义仁的弟弟们都很奇怪,他们做梦都未曾想到妹妹会有如此好的枪法,问童荣月,不想童荣月说:"我压根儿不会打枪,为应付赵符麟这几天才向一位高人学了两手。那高人对我说,头三枪射飞,造成枪穿靶眼儿的错觉,又由他收买了教堂长老,让长老引导那副官错判。至于六哥,自然会向我的。第二回打麻雀时先大叫一声,目的是让那高人注意,然后我们同时放枪,其实麻雀儿是他打下的。"

众人惊诧,齐问那高人是谁?不想童荣月笑而不答,只朝大厅处指了指,众人一齐望去,更是惊诧不已,因为厅前站着的是他们的大哥——童义仁!

柳 毓 秀

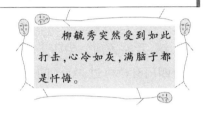

柳毓秀突然受到如此打击,心冷如灰,满脑子都是忏悔。

女

票

　　柳毓秀,字土坚,生于1842年,幼年时他随祖父柳继焕迁居陈州。因其聪慧过人,很招祖父疼爱。16岁时,柳继焕特意将他送到汴京,拜名儒曾士奥为师。曾士奥对学生要求甚严,柳毓秀埋头攻读,孜孜不倦,深得曾老先生的赏识。

　　同治七年,柳毓秀在陈州应试。朝廷内阁学士高长虹阅到柳毓秀的试卷时,禁不住高声叫好,击节称赏。排名次时,高长虹亲自将柳毓秀的名字提到最前列,还将他录送到嵩阳书院深造。对这难得的殊荣,柳毓秀并未受宠若惊。由于从小受祖辈思想的熏陶,使他对官场仕途失意郁郁,到嵩阳书院学习未毕业,便以父亲病重为由,请求归里。事隔多年后,他在《送友赵礼闱序》一文中表达了自己当时废书不读,放弃做官机会的原因,是愤然那些为官者"足不出邑境,见不越里闾,所闻不过乡宿腐儒之论,所读不过近时帖招之文";那些曲意巧附、揣意摩形的志得意满者,虚伪欺诈,惯用腐朽、坏烂之技,"以为天下之事如斯己足",而"感激奋发以济国家之急者,寥寥也。"所以他"无意当时之闻达",宁可回乡去过宁静简朴的隐士生活。

柳毓秀回陈州后,一边任教,一边撰述。他在前尚武街购宅,宅取名"韫盖楼",凭着祖传的子史杂集近万卷,读书作文,怡然自乐。60岁那年,柳毓秀回到祖籍颍河镇,更是隐而不出了。

柳家为镇上大户,一座大宅院占了半条街。只是自从柳继焕迁至陈州城后,这大宅里只剩下柳毓秀的一个老叔。等柳毓秀花甲之年回来时,他的那个老叔已到了足不出户的耄耋之年。

颍河镇是个乡间大镇,紧靠颍河。为防土匪,镇子四周是高高的寨墙,墙外是寨海子,只有四门有桥可过。镇子的外边就是田野和颍河。柳毓秀每天散步时多从东门出镇,然后顺着河堤朝东走,直到天麻黑方赶回,往往这时候,寨门已经关了。

守东门的是更夫老卞。老卞也60多岁,又小又瘦,孑然一人,就住在东寨门的耳房里,除去打更,便是负责东门的开、关任务。柳毓秀每天都出东门散步,慢慢地便与老卞熟了。柳毓秀见老卞可怜,就时常赐些小钱给他。为此,老更夫很感激柳毓秀,每晚关门时,总是要等柳毓秀回来。

这本来是两位老人的友谊,不想却酿出一场血腥之灾。这血腥之灾来自一股外地土匪。

外地土匪是从豫西过来的,他们来豫东就是要啃硬骨头。由于颍河镇防守严密,几十年未遭过匪患了。又加上此地是水旱码头,商贾云集的富地,土匪们早对这块肥肉流口水了。为能破寨,他们强攻过数次,皆因失败而告终,万般无奈,只得智取,先冷了几年,然后派出卧底,寻求时机。

派来的卧底发现了东门老卞等柳毓秀的漏洞,便火速派人向匪巢递了信息。匪首一见时机成熟,惊喜万分。为防打草惊蛇,他命兄弟全部化装,骑快马连夜赶到距颍河镇不远的颍河南岸,天擦黑时分,先派人装扮成柳毓秀的样子,诱老卞打开城门,然后杀了老卞,接着分批从东门溜进镇里,悄无声息地占领了四门。半夜时分,开始血洗。一时间,杀声四起,火光冲天。镇人还在梦中,灾难便降临了。土匪们杀人放火抢钱抢女人,绑票近四百人,为的是挖浮财。肉票被集中在镇北关帝庙中,让人定时送

款项,误了时间不是割鼻子旋耳朵剁双脚,就是砍脑壳,一时间,血流成河。

那天晚上,柳毓秀无形中被关在了寨外,任他喊破天,就是不见老卞开寨门。万般无奈,他只好拐头向东,到一个远房亲戚家去投宿。第二天一早,他得知了土匪破寨的消息,大吃一惊,他是聪明人,当即悟出了自己每天散步晚回让老卞留门是一个大疏忽。他急急忙忙赶回寨子的时候,土匪们早已卷银携金,逃之夭夭,只给镇子留下一片血光和恐怖。全镇人如傻了一般,只觉日月无光,半个月后才慢慢恢复。

人们一缓过神来,就开始思索寨子被破的原因。问题并不复杂,因为敌人是从东门过来的,人们自然会想到老卞。众人一想到老卞,就有人说出了老卞每晚等柳先生的事情。如此一提醒,人们自然就想起了柳毓秀。

更让柳毓秀说不清的不单是当晚未归,而是这股土匪很忌讳对给他们带来福气的人下手。他们这次能如愿以偿,无疑是柳毓秀每晚散步的功劳。经卧底的指点,土匪们不但没进柳府,甚至还专撒了岗哨,把柳府保护了起来。

女
票

这一切,全是柳毓秀未想到的。他先是震惊,后是呆然,最后竟如神经了一般。他做梦没想到自己会给家乡带来如此大的灾难!镇子里死了那么多人,他无形中成了刽子手,一下子成了千古罪人。

由于柳毓秀的出身高贵和他本人的人格,镇人自然不会怀疑他与土匪有染,但灾难是由他而引起的已属共识,一时间,隐士柳毓秀就成了镇里的灾星。

柳毓秀突然受到如此打击,心冷如灰,满脑子都是忏悔。他命人买来火纸,然后到坟场内给死者磕头谢罪。但是,这些远不抵一个善良人的自责。几多天来,他不吃不喝,赎罪的心理越来越重。家人看他可怜,劝他外出一段时间,慢慢忘掉这些。柳毓秀痛苦地说:"我能躲掉别人,可我怎么也躲不掉我自己呀!"柳毓秀战胜不了自己,追悔和自责使他的精神越来越垮了。终于有一天,他再也忍受不了这种折磨,便派人在镇中十字街正中搭了高台,并广告镇人将在三日后当众惩罚自己。到了那天,四乡八镇的乡民皆来颍河镇看稀罕。一时间,十字街口围得人山人海。瘦成一把骨头的柳毓秀被人扶上高台,他沉重地望着众人,朝南朝北朝东朝西磕了四个响头，然后泪流满面地高喊道："我对不起众乡邻呀！"言毕，便把头伸向吊绫，蹬歪了脚下的小凳子。

众人像是都认为柳毓秀罪有应得，没一个人劝说，没一个人阻拦，人们都静静地望着柳先生，看着他双腿乱蹬，周身痉挛，一步步走向死亡……

母 与 子

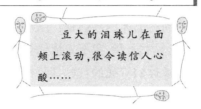
豆大的泪珠儿在面颊上滚动,很令读信人心酸……

盲婆的丈夫是被土匪打死的。丈夫死的时候,盲婆还不到 30 岁。她整天地哭,哭瞎了双目。为养活不满 3 岁的儿子,她就黑着眼到处乞讨。后来儿子长大了,她突然也就成了老太婆。

盲婆的儿子叫苦娃,二十几岁,很精干。尤其水性好,颍河满潮的时候,他一气能游几个来回。

土匪陈三刀看中了苦娃的水性,便请他入伙。托人向苦娃一说,苦娃满口答应。入伙仪式是在颍河镇山陕会馆里举行的,惊动了不少人看稀罕,土匪入伙叫"插香"。"插香",就是插香对天盟誓。插香要插十九根。其中十八根为十八罗汉,当中一根是大当家的。十九根香要分五堆,插法很讲究,前三后四左五右六当中一根。然后来入伙的人跪下说:"我今来入伙和弟兄们一条心不走露风声不叛变不出卖朋友如违了千刀万剐让大哥插了我!"这时,大当家的说:"都是一家人你起来吧!"

插香完毕,苦娃说:"我家中还有一盲母,待我安顿好再来!"陈三刀答应了他,给了他不少钱,并让他凫水过河,让弟兄们看看他的本领。

苦娃住的村子与颖河镇对河。那时候正值七月流火。颖河里涨满了潮,渡船都不敢撑,水很大很凶,从此岸到彼岸,烟雾蒙蒙,水宽足有五里之遥,听说苦娃要横渡颖河,大堤上站满了人。苦娃不在乎,脱下长裤,系牢裤脚,接着把银洋装进两条裤腿,驮在了脖子里,然后跃入水中,如浪里白条,一猛子扎出数丈,露出头来,扭脸对着土匪,踩着水喊道:"土匪杀了我爹,我认死也不去当土匪!"

陈三刀大惊,高声问:"那你为甚插香?"

"你为人凶狠,既然看中了我,我不入伙你会杀死我的!你是怕别人得了我!我爹就是这样被你们打死的!这一回,你小子上了老子的当了!"

陈三刀大怒,急命开枪。可是枪声刚落,苦娃又在另一处骂不绝口。

陈三刀遭到如此戏弄,火冒三丈,怎奈用枪打苦娃不着,水大浪急又没人敢渡河!他在河堤上蹦了一阵儿,恶恶地朝河心里打了一梭子子弹,对苦娃喊:"好小子,你等着!"

一个月后,颖河水落潮。一天深夜,陈三刀带众匪包围了苦娃住的村子,因为苦娃有防,提前躲了起来,逮不到苦娃,陈三刀命人烧了半个村子,对乡党们说:"三月内找不到苦娃,血洗全村!"

乡党们极怕,商讨半宿,决定除掉祸害。第二天夜里,他们摆了一桌满席,派人请来了苦娃,苦娃望了望众乡党,说:"诸位老伯,我原想做个安分守己之人,不料因了一身水上功夫给村人引来了横祸!事到如今,我苦娃别无它求,只求众位长辈多多照顾我的老娘!"说完,双膝扎地,给众位磕了三个响头。乡党们面面相觑,许久说不出话来。苦娃见众人难堪,站起身来,满满喝了三盅酒,然后闭了双目说:"诸位就动手吧!"

没人动手。

苦娃笑笑,斟酒又喝,一直喝到醉烂如泥,倒在了地上。

为了全村人的安危,乡党们终于把苦娃绑了,抬到颖河,活活溺死。为让土匪们见到苦娃尸首,又用绳子把他縻在了船底。

可令人不解的是,土匪们一直未来!

儿子久出不归,盲婆很牵心。她常去乡党们的家中询问。乡党们都对她说苦娃外出做生意,不久就会回来的。

接着,就有人给盲婆送吃的,然后又说苦娃来了家书,拆开,细细地念。盲婆面目释然,打听外面的一切,捧着那"信"在脸上摩挲。豆大的泪珠儿在面颊上滚动,很令读信人心酸……

一天,几个娃子用网在破船底下拉鱼,拉出了苦娃的尸首,虽然尸首已经浮肿,但还是认出了。娃子们惊呼着,跑回村里告诉了盲婆。

令人奇怪的是,盲婆没哭,只是木呆地坐在那里,如痴了一般。

一天深夜,剩下的半个村子突然起了大火,火势很凶,映红了半个天际。开初,村人以为是土匪来了,惊慌失措,后来一直没听到枪声,才平静下来。

第二天,盲婆就神秘地失踪了……

女
票

高 茂 林

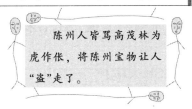

陈州人皆骂高茂林为虎作伥，将陈州宝物让人"盗"走了。

陈州东关有个姓高名茂林的人，专造假古董，堪称造假高手，在文物界颇具声名。

有一年，陈州收藏家段彩祥花 600 元买了一个唐三彩罐子，找到高茂林炫耀。高茂林看了看，说此为自己的造假之作。段彩祥大谓不然，认定无人能仿制成如此佳作。高茂林见他不信，便将其领进室内，从佛龛中取出一块陶片，往罐中缺口处一放，紧严密合。段彩祥惊诧，问起究竟。高茂林笑道："这是我在洛阳时不小心碰掉的，不想这假货竟跑到了你的手里！"此时，段彩祥才知受骗。

又有一次，有人买了他一匹陶马，因马身上泥土太多，便放在水盆中冲洗冲洗，结果马不见了，向水中一摸，竟得一堆瓦片。那人非但不恼，反连连称赞高茂林修理技艺之高超。

其实，这些还算是高茂林的雕虫小技，论造假技艺，他最拿手的是仿制金银器物，因为高家祖上就是开银匠炉的。有一年，高茂林用百元钱买得一个一尺二寸直径

的唐镜，一切均好，就是因无花纹，难售高价。他思考几宿，最后又自制了一个金壳子，然后携之赴京。在去北平的火车上，遇到上海一客商，当即就以12000元高价买下。

除此之外，高茂林还能雕刻仿造三代玉器，修配铜器，他经常用各种破铜片，按照形状拼凑出各种古物，然后卖于生手或粗心购货人，轻取重利。

民国初年，陈州出土第一把越王剑。当时的县执事姓吴，叫吴大为。这吴执事一心想将越王剑据为己有，便请高茂林到衙内，要他仿制一把假剑，然后以假换真。高茂林一听吴大人想将宝剑独吞，沉思片刻，便答应了。只是有一要求，说需要将真剑拿回府中观察仔细方可动手。吴大为生怕高茂林也搞以假乱真的把戏，只答应他在县府里观看，不准带回家中。高茂林无奈，只好应允，当天就住进了县府内，掌灯将越王剑研究了一夜。

几天之后，他一同造出两把"越王剑"，藏在怀中一把，将另一把交给吴县长，说："这是个细活，而且我又是夜间观剑，不知道造得有无差错之处，不如拿去与真剑比一比。"吴大为换剑心切，当即就带他到仓库比剑，看是否有不像之处。不料到了仓库一比，果然假剑上少了一个"匚"字。吴大为很失望地说："其他什么都像，惟少一个'匚'字，看来还得让本县再等几个晚上。"因为造假铜器要有一个过程，铸出新剑之后，还需要将剑速锈，要锈得像刚从墓中扒出来一般。高茂林看他心切，忙又从怀中掏出另一把剑，对吴大为说："我当时也记不清剑背上有没有'匚'字，便多造了一把，你再比比这一把，看像不像？"吴大为一看还有一把，很高兴，急忙接过来与真剑比较，禁不住大吃一惊，连连地说："神极了，简直神极了！"原来赝品与真品一模一样，连锈斑处都分毫不差。比来比去，不知不觉竟搅混在了一起，分不清哪把真哪把假了！吴大为生疑，认为是高茂林有意捉弄他。他望了高茂林一眼，将剑交给他，说："你分分哪把是真的？"高茂林佯装认真地辨别一番，挑出一把，递给吴大为说："喏，这把是真的！"吴大为狡猾地看了看高茂林，冷笑一声说："我还是要你手中那把假的吧！"说着，急忙夺过高茂林手中的那把剑，藏了起来。

两年后，吴大为调走。陈州人皆骂高茂林为虎作伥，将陈州宝物让人

"盗"走了。高茂林说："吴大为拿走的那把剑是假的，真的仍在仓库中。"陈州人自然不信。高茂林说："真剑身上有墓气，假的没有。我深知那吴县长多疑，所以才有意将那把真剑递给他。果然，他不信我，偏要了那假的！"

可令人想不到的是，那吴大为最后也悟出了这一层，临走又将那把真的换走了。这消息传出之后，众人又骂高茂林。高茂林大惊，他万没想到吴大为还有这一手！通过几日思索，他心生一计，加紧又造了几把假剑，四处宣扬吴县长换走的是一把假越王剑，然后又将新造的假剑以低价卖给吴大为周围的人，很快就使吴大为手中的真品变成了赝品。吴大为听说自己手中的"越王剑"是赝品时，懊悔不迭，他一连失神几日之后，再也不像过去那般视剑如宝了。这时候，高茂林花钱买通吴府一丫环，很轻易地便将那把越王剑偷了出来。

高茂林得到真剑后，非常高兴，心想宝剑终于又归陈州了，便捧着宝剑在县城里走了几遭儿，而且边走边喊："真剑又回了，真剑又回了！"可令他想不到的是，陈州人没一个人信他，皆说他是为了抬高自己以假乱真的本领，来糊弄咱们！

那时候，高茂林哭了。

从此，高茂林再不造假。

范　宗　翰

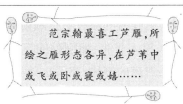

范宗翰最喜工芦雁,所绘之雁形态各异,在芦苇中或飞或卧或寝或嬉……

　　范宗翰,字挈玦,陈州德化街人。自幼失音,但酷爱绘画。由于孜孜不倦地勤学苦练,终画得一手好丹青。无论花卉、芦雁或兰石,所画之物无不栩栩如生。一次他的侄女出嫁,求他画幅画,他信手画幅蝴蝶,因急于取走,他让侄女把画放在院中平地上晾晾水气,不料画刚放在地上,群鸡就争相啄食。范宗翰最喜工芦雁,所绘之雁形态各异, 在芦苇中或飞或卧或寝或嬉……无不惟妙惟肖。

　　很小的时候,范宗翰就非常孝顺。据说他父亲好赌,昼出晚归,他总是坐在大门口等他父亲回来,然后再回家休息。有时他竟等到天亮也不回家,后来终于感动了他的父亲,发誓永不再赌,如再赌博,断指为训。

　　邻里乡亲皆夸范宗翰是天生奇才。

　　范宗翰画种很多,但最令人称奇的还是雁。据传他能画一百只雁不重样,可谓炉火纯青了。但令人奇怪的是, 他最出名的画不是以雁或芦为主题的, 而是一幅《雪梅图》。顾名思义,《雪梅图》是以雪和梅花为主调的。画上还有题词,为点睛之笔。四句题词是:连枝并蒂出银塘,吻颈鸳鸯蒂自双,最是可人清绝处,影和明月上纱窗。画上的意境是一个大雪纷飞的夜晚,一株美丽的梅花像生长在银白色池塘内,一双文静的小鸟卧在上边。整个画面给人的是陶醉的雪夜,洁白的雪光,月夜的影子照在纱窗上,令人静得入禅。这是一幅水墨写意画,作者没有用大雪纷飞而是用灰暗背景烘托雪夜梅花的可爱,又用两只文静小鸟来突破画面的单一,进而表现雪夜之静谧,可见是颇费匠心了。图中久经风雨的梅枝画得苍劲有力,那拔地而起冲天长出旺盛的新枝更是画得精力充沛,生气勃勃,仿佛饱含着某种欲望,令人想入非非;那刚劲的笔锋,润墨的恰当,把梅花和小鸟画得真实如生;那严谨的笔法,显示出他的笔无虚落,保持了画面艺术的完整,从而使这幅画成为陈州传世精品之一。

只可惜,画上的两只小鸟没有舌头!

范宗翰所画的动物统统没有舌头!

就因为他是哑巴!他画出了有口不能言的痛苦。

为画好芦雁,范宗翰常划着小船到城湖深处去观察雁的起居和习性。陈州城湖很大,万亩有余。范宗翰每回出湖,皆带着干粮和茶水。有时候,他能像当年等父亲赌博归来一般一坐一个通宵。范宗翰称这种观察为读雁。大意就像郑板桥门前看竹一样,需烂熟于心。只有烂熟于心,把雁注入灵魂之中了,才能下笔如神,才能画百雁不重样。在湖中的听雁观雁,要的是个耐心。因为雁灵敏,稍稍一动就会惊飞。范宗翰每次进湖看雁,均要化装一番,周围用芦苇伪装,然后把船划到芦苇荡内,大气不出,静坐许久,直至雁累了,一同飞走了,他才稍稍活动一下筋骨,然后又静下来,等着雁的回归。

人人都说范宗翰能画一百只雁不重样,但他自己心中很虚,因为他一直没有在一张画上画过百雁。虽然别人没有认真过,但他自己却常常给自己较劲,决心要画一张《百雁图》,决不能徒有虚名。一天,天将黑,他将自己关在屋内,铺开了一张大纸,很认真地开始画雁。开初,他画得很顺利,几乎是几笔就勾出一只,而且神态各异,跃然如飞。不料画过半百之后,脑际中的"熟雁"逐渐稀少,为不雷同,他画出一只,与纸上画过的挨个儿对照,直到"特别"了,才让其加入"雁群"。就这样搜肠刮肚,自认

"黔驴技穷"了,数一数,才画出 80 只不重样的雁。范宗翰很是惊诧,当下就撑船下了湖。

从此,范宗翰再也没有回来。

家人为寻找范宗翰,雇用了不少渔民,直直找了半个月,才在芦苇深处找到一副白森森的骨架。那骨架上有一个骷髅头,眼洞幽深幽深,直直望着湖水中的一片岛屿。

内行人说,范宗翰是遭雷击而死。雷击后的人肉发香,所以才被群雁啄之。

不少人皆为范宗翰对艺术追求如此痴诚而赞叹不已,但也有人不以为然。不以为然的人说,百雁画八十为艺术,若填满一百就变成了匠人。艺术需要空白,空白需要天才和灵动!范宗翰毕竟是个残疾人,哑巴爱较劲,很可惜!说这话的人也是位陈州名画家,堪称陈州一流。他看过范宗翰的遗作《百雁图》之后,挥笔在角处画了一片芦苇,芦苇中隐约现出一架白骨,然后题词:七窍生雁(烟),一窍生三,三七二十一,二十一加八十,共一百单一,惟一雁有舌,为宗翰先生之灵也!

这幅画自然也就成了传世绝品。范家后人珍藏了许久许久,直到抗日战事爆发,陈州人为保此画,竟丧了一百零一条性命。如此巧合,让人费解,据传此画现在日本——此为后话。

九 岁 红

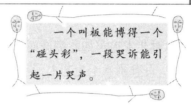

一个叫板能博得一个"碰头彩"，一段哭诉能引起一片哭声。

民国初年的一个夏天，汴京城的茶房酒肆、舞榭歌台，冷落萧条，经营惨淡。相国寺北的一家戏院里却场场爆满，掌声阵阵，场外车水马龙，热闹非凡，许多人为买不到戏票而惋惜，许多人为一饱眼福而快慰，若不是亲眼所见，没人能信挂头牌领衔主演的竟是一个9岁女童！她那韵味十足的唱腔，优美的身段，征服了看官，轰动了古城，赢得了"九岁红"的称号。

九岁红姓白，叫白小霜，陈州人。白小霜的父亲白瑞云，科班出身，主攻文武花旦，以武为主，兼演彩旦、刀马旦，唱念做打俱佳，可就因为艺运不好，一辈子没唱响，没尝过"红"的滋味儿，于是，就把希望寄托到了女儿身上。其实，环境的影响，家庭的熏陶，白小霜早就对唱戏产生了浓厚的兴趣。一天早上，父亲领她到郊外喊嗓子，发现她音量大，音域宽，音色好，很是高兴。当下，就把自己的拿手戏《打金枝》《三娘教子》教会了她，7岁登台，大获成功，9岁便唱响了中原大地。

白小霜的唱腔以祥符调为主，吸收了豫西调的某些特点,借鉴了二簧戏的演唱方法,形成了独特的艺术风格。轻柔细腻,旋律优美,咬字准确,节奏鲜明,抑扬顿挫,掌握得当,起承转合天衣无缝。一个叫板能博得一个"碰头彩",一段哭诉能引起一片哭声。她的唱腔,快而不乱,慢而不断,长而不厌,一曲终了回味无穷。她的表演,身上带戏,眼中含情,举止有节,招招见功。她对自己要求极严,给自己定了许多"艺歌"。比如唱闺门旦,她要求自己"上场伸手似撵鹅,回手水袖搭手脖,飘飘下拜如抱子,跪下不能露脚脖"。还要"说话不看人,走路不踢裙,男女不挽手,坐下看衣襟"。而且不拘泥于程式,追求"神似",力求演出不同行当,不同性格的角色。如她扮演的崔莺莺,风流多情而不失大家闺秀之体;演《狸猫换太子》中的西宫,美中显奸诈,笑里藏杀机,给人留下了深刻的印象。

不想白小霜唱红不久,军阀混战,盗匪四起,灾荒不断,祸患无穷,政不理事,商难开户,学难开馆,戏难开锣。作为达官贵人消遣的戏班,只能勉强生存。

日寇侵华那年,白小霜才二十几岁,不久,陈州沦陷,她只好带着戏班儿到处漂泊。有一次,小霜湿劳沉重,身体虚弱,滴水不进,无力登台演出,因没有出面拜访当地镇长,镇长就强人所难:"白小霜不能动,只要能张嘴,抬到戏台上也得演出!"全班人求情无效,只得搀扶她演出一场戏。

树大招风,名大引祸。病愈后的九岁红在杞县演出时,开封的一个宪兵连长要以干亲为名强迫白小霜答应与其结婚。小霜拒不相从,到处躲藏。不想宪兵连长的舅舅在省府做事,根子粗不说,又贿通官府伪造"龙凤案"将戏班子扣押。万般无奈,白小霜只好委身那宪兵连长,只是在新婚之夜,白小霜怀揣剪刀,趁那连长醉酒之机,愤怒地扎死了他,然后去官府投案。法庭开初要判小霜死刑,幸遇一仗义执言的律师出庭辩护方免死罪,被判刑十五年。

白小霜的父亲白瑞云得知消息,连夜赶到汴京,要求自己替女儿坐牢,哪怕多坐几年,也不愿让白小霜误了艺术青春。

因为白小霜初红于汴京城,古城里人人皆知九岁红。又因当年"九岁红洞房杀夫"登了报纸,市人都呼吁当局释放白小霜。当时的开封市长姓岳,也是个戏迷,觉得可以利用白小霜抬高自己的威望,便亲自出面担

保,要白小霜在古城戏楼出演四天五晚上,如众人同意白瑞云替女坐牢,就可当场释放一代名伶。

白小霜开始出演《窦娥冤》,联想自己的身世,泣不成声,唱得满场人泪水横流。每场戏结束,观众都不愿离去,在场内呼口号,要求当局释放白小霜。那时候,白小霜已在后台戴上了手铐,用警车押回了牢房。

这件事就惊动了开封国立师范的青年学子,他们手举冤枉大牌在市政府门前游行。有学生带头,一些看官也加入了游行队伍。队伍越来越庞大,市长慌了手脚,急忙命令释放白小霜,由其父白瑞云替女儿坐牢。为让市人相信,市长还安排了一场交替仪式。警察把白小霜押到台上,戏班里两名伶人陪白瑞云也走到台上,父女俩抱头痛哭,然后警察将手铐从白小霜手脖上打开扣住了白瑞云。

警车呼啸而去。

害怕再惹麻烦,白小霜就草草与师兄仁海完了婚。不想白小霜被释放后,一些地痞、流氓、纨绔子弟,不断寻衅闹事,日不能宁,夜不能静,甚至难保自家性命。就连仁海与白小霜结婚也遭了厄运。陈州一个姓李的恶霸久想占有白小霜,便买了个黑枪手谋杀仁海。幸亏这个黑枪手和仁海交情深厚,漏风透信,仁海连夜逃脱才免遭一死。但是,事情并没因此而结束,那恶霸扬言,先占有白小霜,若那仁海露面,定要碎尸万段!

白小霜哭天无泪,只好散了戏班,朝开封监狱逃去……

贾 知 县

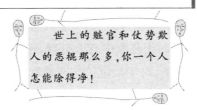

世上的赃官和仗势欺人的恶棍那么多,你一个人怎能除得净!

　　贾知县是山东菏泽人,字文勋,名鲁。山东菏泽古称曹州府,盛产牡丹。贾鲁生于牡丹之乡,很有牡丹之秉性。咸丰三年,他来陈州任知县,发现白楼有一姓于的流氓恶霸,依仗其兄是府台,横行乡里,为夺新郎初夜权,手下犯下几条命案,民愤极大。贾知县接到诉状之后,愤怒之极,决心除霸,当下带人到白楼将于某抓获,投进了南监,然后整理卷宗,报刑部批斩。不料批文还未报出,上面却下达了他的免职令。

　　贾知县怒火满腔,但又无可奈何。陈州百姓多年才遇上这么一个清官,却又是如此下场,皆感朝廷不公。等贾鲁离任时,人们都到县衙门前送别。贾鲁极受感动,对众人说:"我贾某虽然无能,但今生今世一定要帮陈州百姓除掉这个恶霸!"言毕,与陈州百姓挥泪而别。

　　他回到曹州后,面壁思索多日,最后决定将家中田地房产一下卖光,准备进京跑官。贾鲁兄弟二人,弟弟尚未成婚,听说兄长要将田地房产一下卖光,弟弟自然想不通,当下提出分家。贾家本来财产就不是太多,如果一分,跑官的经费就会损失一半。为拢住弟弟,他劝弟弟说:"三年七品官,十万雪花银,到时一定加倍还你。"弟弟觉得空口无凭,对哥哥说:"这样吧,田产卖完之后,你给我打张欠条就得。等你当了官,先将我的还了,咱们分开另住。你挣钱再多我不眼气!"万般无奈,贾鲁只好照办。贾家房产共卖三万两白银,贾鲁就给弟弟打了个三万两的欠条,然后就携银进京,送给一个贝勒王爷,投其门下,当了门生。两年后,那王爷为其翻案,官复原职。他提出还去陈州任知县,赶巧陈州知县告老,他走马上任。

贾鲁吸取上次教训,秘密进城,到了县衙脸都顾不得洗,当下带人去了北白楼。那于恶霸此时正在家中与人打牌,见到贾鲁,大吃一惊。贾鲁冷笑一声,让人将其拿下,对于某说:"这回我看你那兄长如何救你!"言毕,命令左右将其就地斩首,然后贴出告示,将于某首级挂在城门示众三日。陈州人一见恶霸终于被除,敲锣打鼓,成群结队去县衙送万民伞。人们扬眉吐气,整整放了一天鞭炮。

于某的哥哥闻听其弟被斩,怒火万丈,派人暗查,准备重重报复贾鲁,岂料贾知县此时早已写下了辞官报告,回菏泽去了。

于某的哥哥叫于臣,此时已升为河南臬台。胞弟被杀,他觉得很丢面子。觉得不杀贾鲁,很难解心头之恨。他先派人去曹州追杀贾鲁,然后又买通道台,为贾鲁捏造罪名,定了一个谋反罪,四处张贴通缉告示,捉拿贾鲁。

再说贾鲁回到菏泽后,自知凶多吉少,便将家人安置在乡下朋友处,自己一个人四处躲藏。最后觉得最危险的地方最安全,便化装来到陈州,以乞讨为生。

于臣一直捉不到贾鲁,心中的怒火越积越旺,便传下命令,供出贾鲁者,可得赏钱万两。两个月过后,仍不见贾鲁的影子,于臣又将赏银涨到两万两。心想,重赏之下,必有勇夫。只要捉到贾鲁,他一定要将其在陈州斩首,也要将其首级悬挂城头,暴尸三日。

于臣每天都恨得咬牙切齿。

而贾鲁呢,由于化了装,又由于是在陈州城内,没有人能想到他在这里乞讨,所以就安然无恙。不想这一天,他正在街上乞讨,突见一队人马飞驰而过,街人无不惊慌,躲藏不及者多被马队撞倒,反倒挨鞭子。贾鲁

不知道这是何人敢在光天化日之下横行霸道，便问一小贩儿这是什么人。那小贩儿悄声告诉他说："唉呀，你还不知道?这是于臣于皋台的小弟弟!自从他二哥被贾知县打死之后，这家伙比他二哥还坏，手中又有几条命案了!"贾鲁一听此言，惊诧如痴，禁不住仰天长叹道："既知如此，何必当初!"第二天，他就回了菏泽，对其家人说："我为了替民除害，卖光了家产，让你们也随着我受尽了苦难。现在于臣的小弟弟又在陈州无恶不作，横行乡里，比他二哥还坏上三分!可惜我已无能为力，又欠下弟弟三万两白银，现在只有用我之命来偿还这个债务了!"说完，就让其弟弟去于臣处将其供出。开初，其弟还有些不好意思，贾鲁开导他说："你若不去，我被他们抓了去你可什么也得不到!"他弟弟一听这话，去了，得白银两万两。为此，其弟弟还颇有意见，说他的兄长太傻帽儿，以为他跑官为发财，不料却干这种傻事!世上的赃官和仗势欺人的恶棍那么多，你一个人怎能除得净!这可好，一家人陪着他担惊受怕不说，到头来还让我白白赔了一万两白银!

女
票

于臣抓到贾鲁，高兴万分，当下就将贾鲁押解到陈州，先让其坐囚车游四门，然后亲自监斩，将贾鲁押赴了刑场。

陈州人闻听贾知县被于臣抓获并要斩首，都来刑场为贾鲁送行。贾鲁不卑不亢，视死如归，频频向陈州百姓含笑示意。百姓们无不垂泪。三声炮响过后，刀斧手执起了鬼头刀。但就在此时，忽听有人高喊一声："慢动手!"随着喊声，只见成千上万的人不约而同地都从衣内取出自备的孝布，然后一齐戴在了头上，并齐声哭喊道："贾大人，您走好哇——"

刑场上顿时如同下了一场酷雪，白得令人心寒……

——那时候，贾鲁的人头已落地，两行泪水夺眶而出……

铁 嘴 杨 山

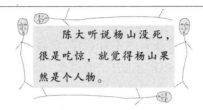

陈大听说杨山没死，很是吃惊，就觉得杨山果然是个人物。

孙方友传奇小说

陈州有玩会，所谓玩会，相当于京剧票友聚会献艺，不着彩，不穿妆，干拉干唱。你一段儿我一段儿，多唱折子戏。陈州地处中原，京剧没豫剧吃得开，所以玩会也以豫剧为主。杨山就是玩会上的主角，专唱黑头，唱腔如山吼，道白如洪钟，连周口"一把鞭"戏班子里的黑头名角见面都喊师兄。除去唱戏，杨山还好赌。每逢一赢，不吭不响着床就睡。若是输了，就一路唱：

> 端酒空酒杯，
> 骑马打大腿。
> 金榜题名虚富贵，
> 洞房花烛假婚配。

其实，真正为杨山赢得名声的，并不是唱黑头，主要是他有一副好嘴巴，外号"铁嘴杨山"，有一年，北关请了戏班子演戏，说是两个月后给钱，结果半年也没给人家。戏班子班主急了，要与北关几个头面人物打官

司。北关几个头面人物自知理亏,就请来杨山,要他出面调停。班主向杨山诉苦说:"杨掌柜,你想想,俺们一号人马,又装男又扮女,他们总不该……"杨山笑笑,接上话茬儿说:"大师兄,你们来到陈州,又称王又称帝,谁也没说一个不字呀!"一句话,说笑了双方,结果交钱送客,少了一场纠纷。

杨山家穷,爱出面管事的目的是想捞些好处。有一年,城内绸缎店周老板的独生子被土匪陈大起了票,要大洋三千。周老板一时凑不齐,眼见所限日期已到,便请来了杨山。

杨山二话没说,带着两千大洋按时到指定地点与土匪接了头。

匪首陈大让人抱着周老板的儿子,站在一个高坡上,问:"来者何人?"

"铁嘴杨山。"

"带钱多少?"

"大洋三千……"

"当面过数!"

"还差一千。"

"刚才为何说三千?"

"你没等我把话说完!"

"果真是铁嘴!"

"不敢不敢!"

杨山这才施礼从容说道:"不瞒陈司令,那周掌柜为这两千大洋,几乎清了家产!如若你硬要三千,怕是难以上青天!"

陈大说:"那好,我马上撕票!"

杨山说:"你若撕票,这两千也得不到!"

陈大说:"你送来了就休想拿走!"

杨山说:"这两千是假的,只有你答应了才有真的。"

陈大吃了一惊,恶恶地说:"你如此戏弄本司令,今日让你一同上西天!"

杨山说:"两国交战,不杀来使。你若破了江湖规矩,日后谁还会给你当中人?再说,我也不怕死。我家徒四壁,穷得丁当响,活着无滋味儿,死了无牵无挂。临死奉劝司令一句：做匪如同做生意，赚得起赔得起。事实上，你也清楚周老板的家底儿，何必让他倾家荡产呢？这回得两千，放回他儿子，等他再赚了，你再绑他儿子一回不就得了！留有青山在，不怕没柴烧。他就这么一个儿子，杀了也就杀了，可你却少了赚钱的门路！"

陈大说："够了够了，你说了这么多，也不嫌啰嗦！我一生讲究干净利索，最讨厌你这种能说会道的人。你可知道，干我们这一行，说一是一，说二是二。我们是用命换钱花！若今日少拿一千，传出去，谁还愿意多拿？钱不够就撕票，这是规矩。今日周老板请你当中人，正好犯了我的忌讳。来人，先把这铁嘴拿下！"

几个匪徒上前架了杨山，推到陈大面前，陈大望了一眼杨山，问："你还有什么话可说？"

杨山只是望着陈大，连大气都不出。

"为什么不说了？"陈大好奇地问。

"司令厌恶好嘴多舌之人，我当然不敢犯忌！"杨山说。

陈大说："我更瞧不起那些临死前不说一句话的孬种！"

杨山说："我怎么没说？我刚才不是说了很多了吗？"

陈大说："我要你说的是临死前有什么交代？"

杨山说："我没什么可交代，只有一个愿望，只求来世变成一个像陈司令一样少说多做的人物！"

陈大一听笑了，当下放了杨山，说："饶你一命。"说完，就让杨山取出真大洋，过了，然后把周老板的儿子交给了杨山。杨山接过周老板的儿子，对陈大说："陈司令，手续费？"

陈大疑惑地望着杨山，问："什么手续费？"

"司令和周老板谈生意，我杨山是中人，按规矩，这双方都要交手续费。如果司令不多少拿几个，日后谁还给你当中人？"

陈大想了想，顺手拿出5块大洋，交给了杨山。

杨山谢过，转身走了。走了不远，突然卧倒在黑暗里，用身子护住了孩子。

那时候，陈大已扬起了手枪，对着杨山去的方向，打了三枪，然后扬长而去。

这时候,躲在暗处的周老板才敢带人走出来。周老板让人点上灯笼,寻到杨山,杨山早已吓昏了过去。

等杨山醒过来之后,周老板取出50块大洋,说:"杨山兄,让你受惊了。这点儿小意思,请笑纳!"

杨山看了看那一托板大洋,从中取出5块,吹了吹说:"陈大才给5块,我怎好让你多拿!"

周老板一下抱住杨山,泪水满面。

陈大听说杨山没死,很是吃惊,就觉得杨山果然是个人物。从此以后,凡属在陈州起了票,总不忘在贴在主人门上的条子上多写一句:不准让杨山当中人。

189

女

票

穆 二 油 锤

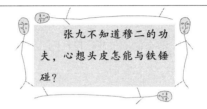

张九不知道穆二的功夫，心想头皮怎能与铁锤碰？

穆二油锤叫穆歧太，兄弟三人，他排行老二，家住陈州城西门里。其人性情刚直，品行端正，谦虚谨慎，自幼爱好武术，精通七势拳。穆二经常到西关大王庙练功，用头撞墙撞石碑，天长日久，练成了一身钢骨铁筋。尤其头部功夫过人，能经得油锤打击，所以陈州人便给他送号"穆二油锤"。

一次穆歧太去周口拜访六合拳拳师袁风义，正赶上周口以李姓大户为首的河南派与河西派发生械斗，双方都出动上百人，拿枪握棒，喊声震天。穆歧太深怕械斗发生流血伤人，便对袁风义说："今天功夫派上用场了。"说罢，盘膝坐在地上。这时袁风义派了两个五大三粗的小伙子，各掳一把三四十斤重的油锤，照穆歧太头上就打，你一锤，我一锤，穆歧太纹丝不动。只打得全场只有铁锤击头声了，穆歧太才一摆手，站起作了一圈揖说："各位老师见笑了！"大家看穆歧太坐的地方往下陷了四五寸深，个个都伸出了舌头。从此穆二油锤的名声更响了。

穆二油锤除去会武术外，还是个戏迷，爱听梆子戏，所以他和周围的几个戏班子都很熟。由于他和戏班儿相

熟,每年请戏的事儿皆由他操办。戏班儿也乐意让穆二油锤当中间人,因为有穆二油锤这块招牌,在陈州城唱上十天半月不会有人找麻烦。

这一年春,陈州北关牲口行起会,让穆二请来了太康道情班。稳台戏唱过,一切安好,不想第二天却出了一件让人意想不到的事儿。

那时候河南省会在开封,督军叫张富来,他有个弟弟张九在陈州驻防,仗着张督军的势力横行霸道,虽然只是个团副,连县长都不敢惹他。这小子也好看戏,好看戏的目的是为了物色漂亮的女戏子。当时太康道情班有个唱旦的叫曲彩凤,长相出众,张九第一天看戏就惊得目瞪口呆,托人去找曲彩凤,说是若能陪宿一晚,给300块大洋。怎奈曲彩凤为良家民女,卖艺不卖身,坚决不答应。第二天,张九就带人前来闹事,说是如果曲彩凤不答应,不但她本人性命难保,连戏班子也甭想离开陈州城!班主惊恐万分,急忙去找管事的穆二油锤。穆二油锤一听,怒火万丈,当下就掂着油锤上了戏台,对张九说:"你用油锤若能把我的头砸烂了,曲彩凤就答应你的条件。"张九不知道穆二的功夫,心想头皮怎能与铁锤碰?张九唾了口唾沫,捋袖子绾胳膊,抓起那把几十斤重的油锤,恶狠狠地朝穆歧太头上砸去,当那油锤碰到他头上时,只听"当"的一声,那油锤一下反弹过去。张九只顾朝前用劲,万没想到油锤会反弹过来。那油锤正巧反弹到他的脑门上,"嘣"的一声就开了"瓢儿"……

女
票

县长听说张九被害,惊慌失措,急忙抓了穆歧太去省城请罪。陈州百姓闻听很是不平,一下跪了几道街,要求县衙释放穆歧太。县长怕犯众怒,只得将穆歧太暂押在监。后来张富来得知弟弟的死因,摇头不止,连说肉头怎能将铁锤反弹过去,不可能,不可能!最后非要见识一下穆歧太不可。陈州县长不敢违抗,只好偷偷将穆歧太押往开封。张富来为证实事情的真伪,当众让人用油锤砸穆歧太脑袋,挑选的人是个五大三粗的壮汉,手执的油锤60来斤。那个人扬起重锤,狠狠地砸下,只一下,穆歧太的脑袋就开了花儿……

县长解释说,就为这一着,已让穆歧太在狱中吃了不少泄功的药粉。张富来很是佩服陈州县长的聪明,连连夸他会办事,说:"你小子蒙谁?这人肯定不是穆歧太!你是用死囚前来冒名顶替,你小子的目的很明确:一怕得罪我,二怕犯众怒,三还可以借机发财!"

当下,陈州县长就被罢了官。

新任陈州县长上任不久,穆二油锤就极其神秘地失踪了……

陈州药店

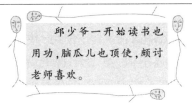

邱少爷一开始读书也用功，脑瓜儿也顶使，颇讨老师喜欢。

陈州药店有几多家，最负盛名的是性和药店。据说性和药店始创于清末年间，主要经营各种饮片，兼营道地丸、散、膏、丹。该店以品种齐全、质量优质、讲究信用而扬名遐迩，誉满中州。

性和堂创办之初，是一微不足道的小药铺，由于东家邱恪善悉心经营，不足几年工夫，就一跃成为陈州中药店之佼佼者。

邱恪善，陈州颍河人，世代务农，少年家穷，经人介绍到陈州寿德堂药店学徒，勤奋刻苦，颇受器重。光绪十几年的时候，与人合资在北关人和街开设性和堂药店。不久，别人退出股份，性和堂成为邱恪善独资经营的中药店。发展开来，便觉得北关地势稍偏，就搬到了城里繁华处。

邱老板为人老实谨慎，又系"科班"出身，且善于学习，对各种药材的产地、性能、特点、质量、真伪，以及加工炮制的方法、操作技巧、工艺流程，无不了若指掌。另外，他身为掌柜，却能克勤克俭，以身作则，和职工、徒弟

们同桌吃饭,同样干活。每天黎明即起,除去处理领导事务外,抓药、制药样样都干;灯下,大家就寝后,他还要把全天的账目审核一遍,然后把铺盖展到柜台上睡觉,以便为夜间急诊患者抓药。

邱老板如此敬业律己,生意自然好得空前,不到十年工夫,性和堂便成了陈州城内的名药店。人有了钱,一般分挥霍型和扩大事业型。邱老板当然属后者。为扩大经营,邱老板先扩建门面。一改过去店堂门面小巧的格局,一溜儿盖了八间营业大厅。建大厅之前,一下把地基垫高三尺有余,把大厅就建在高台上,使市人走到街上就能对厅内概况一览无余。店内柜台也由过去的墨漆改为红漆,目的是用颜色调和顾客的情绪。过去进店,柜台黑,药橱黑,再加上一排排装药的黑陶罐,均给人某种压抑感。现在邱恪善不但把柜台和药橱改漆成朱红色,连药罐儿也一律换成了锡制的,并让相公们擦得锃亮,一排排,一溜溜儿,闪烁着希望之光,让人进店都要禁不住为之一震。

为获得南方大药商的实力信任,抬高自己的社会地位,邱恪善又购得一片三进深的大宅,把家从乡间搬到城内。由于原配夫人不生育,便娶了二房。不料人生总有缺憾,邱恪善虽然事业有成,可一连娶了五房太太,皆不生育。邱恪善这时候方悟出毛病可能在自己身上,很是惶恐,请名医,寻名方,药吃了几大箩,仍是无后。

如此家业,没有继承人,这不能不是个大问题!一般无后者,多走两条路,一是领养婴儿,一口奶一口饭地喂大,大了,自然也就有了感情,叫作"生身没有养身重"。如果保密工作做得好,与亲生无二样。当然,领养这种孩子,多领养私生子,以免后患。还有一种让侄儿过继产业。因为血缘之故,儿子和侄子差别不大,再加上肥水没流外人田,心理上平衡。

邱恪善兄弟二人,弟弟在乡务农,赶巧有三个儿子,通过协商,就让小三进城当了少爷。

邱恪善给小三取名叫邱守业,意思是不求你日后有什么发展,能守着业就可以了。

可令邱恪善意想不到的是,邱守业偏偏不守业!这就如同邱老板命中没有一般,是无可奈何的事情,并不是以个人意志为转移的!

邱少爷一开始读书也用功,脑瓜儿也顶使,颇讨老师喜欢。如果一切顺利，也不会出现别的差错。怎耐邱恪善每天只顾忙于自己的事业，对孩子的事情极少顾及，只想让其上学就行了。每天陪邱少爷上学堂的车夫叫"孬儿"。孬儿比邱少爷大七八岁，为市井人家的孩子，会玩。什么斗蛐蛐儿，推牌九什么的都摸点儿路。他每天把邱少爷送进学堂后，就溜出去玩牌斗蛐蛐儿。放学了，再急忙回学堂去拉邱守业。有时候晚了，邱少爷就在学堂门口等。他怕少爷汇报给邱老板，就想点儿生法拉少爷"下水"。一来二去，少爷就有了玩瘾，常命孬儿带他去赌场……当邱恪善发现时，邱少爷学业荒废，已变成赌场老手了。

邱恪善一见儿子走了邪路，怒火万丈，狠狠地打了邱守业一顿，开除了孬儿，又专给儿子请了一个老夫子，让儿子在家中读私塾。

请来的老师姓岳，很有些名声，教学也严厉。他先试了邱守业的课业，又问了一些问题，然后对邱恪善说："你是想让虎子走仕途呢，还是让他守你的家业？"邱恪善想了想问："走仕途咋说，守家业咋说？"岳老夫子说："你如果想让他没什么作为，上学读书只为当个守财奴，那就请你另请高就，因为他已经不可调教了！"邱恪善怔了一下，问："连家业都守不住，还何谈其他？"岳老先生笑道："此言差矣！若让他走仕途，他学的吃喝玩乐全能用得上，并不是你说的孺子不可教！如若他将来步入官场，不会吃喝玩乐反倒英雄无用武之地了！从古至今，当官的目的无外乎为民请命为自己享受！贵公子小小年纪就已五毒俱全，也算是可喜可贺之事呀！"

邱恪善一听岳老先生说出这等话，很是惊奇，心想他若能将少爷培养成个官员岂不更好？于是便说："犬子不才，望岳老先生多多栽培！如若日后能让他争得功名，捞个一官半职，邱某定当感激不尽！"

"客套话就别说了，邱老板如此对老夫放心，可说是明智之举！一般生意人只知用钱变钱，不知吕不韦一笔生意赚天下的道理，实是可悲！既然邱老板愿我任意摆布公子，日后就少过问少干扰我的育人之措为好！"

这以后，邱恪善果真守诺言，极少过问邱守业的学业。当然，也有家人常来汇报，说少爷今日又去了赌馆，说少爷在外面又挨了打……什么的，但邱恪善只说句"知道了"就再没下文。

几年后，陈州县试，邱守业竟中了个生员，又过了几年，连举人也中了。只可惜,清朝废了科举,才未能考上状元什么的。就这已使邱恪善出乎意料了,惊诧之余,想起了岳老先生的恩德,便大宴谢之。酒过三巡,邱恪善问岳老先生道:"先生是用何妙法,能使顽子改邪归正,为邱家争得如此荣誉?"岳老先生呷了一口酒,捻须片刻,答曰:"放其赌时,提前有约,输一钱一大板!让其读时,也提前有约,不会背时十大板!一日三时,分晨读午授晚自由,分寸自己把握,若乱了节制,一天不得进水米。这叫育人先育其规矩,训人先训其灵魂,让其在方圆内舞之蹈之自由之。岂有不成才之说?"

"让其下午玩耍,岂不耽误学业?"邱恪善不解地问。

"差矣!一般学究授课,只重书本,空泛无聊。而老夫授课,让学子踏入社会,饱受世间险恶,自悟其道,可谓刻骨铭心矣!实不相瞒,公子常在外受欺挨打,多是老夫雇人所为,目的是树起报复邪恶的志气!不是老夫吹大话,如若光绪帝不取消科举,这次状元非守业莫属。根据他的学识,守你的这个小小药店可算是绰绰有余了!这就叫取法乎上得其中吧!"

邱守业一接过药店,果然极有开拓性,在陈州创办第一个西药店,然后请名家到药店坐诊,接着就凭经济实力与县长拜了把兄弟,35岁那年,头上光环已有十种之多:

陈州商务会会长;

陈州县参议员;

陈州中草药研究会会长;

河南中草药研究会理事;

中州红十字会理事;

……

陈 州 唢 呐

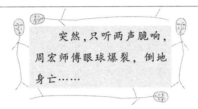

突然,只听两声脆响,周宏师傅眼球爆裂,倒地身亡……

唢呐,原是新疆突厥族乐器,在我国史书中一直有不同译写。如"唢呐"、"锁奈"、"金嘴"等。这些写法都是根据"苏尔奈伊"而译。从新疆石窟克孜尔第三十八窟壁画中得知,唢呐早在公元 3 世纪就在新疆地区使用了,后由突厥民族西迁传到阿拉伯、印度,后又由阿拉伯传入欧洲。唢呐在我国流传已有千年历史。明正德年间,王西楼所写《朝天子》中说:"喇叭唆哪,曲儿小,腔儿大,官船来往乱如麻,全仗你抬身价……"看来不但民间重唢呐,官家更需要它来助威风。

陈州唢呐始于清代康熙年间。有个山东人名叫周化雨,原是朝廷命官,因犯灭门大罪而出奔,后来逃到陈州南小彭楼落户。由于周氏不善农桑,只好靠吹唢呐糊口。起初技艺不全, 只为民间办丧事吹奏些悲沉的曲牌,如《夜深沉》《满江怨》什么的。后来,开始参加红事喜庆。因为吹唢呐为下九流,很受人小瞧。有一年周化雨参加一个大户的婚礼,那大户很是高傲,把抬轿的用席筒子圈起来,吹唢呐的用红布勒着眼睛,目的是怕他们看到

漂亮的新娘。周化雨一气病倒,三个月没起床。

1700年,周化雨中年得子,取名周宏。周宏虽然聪慧,但由于家穷,也只得让他子习父业。在周化雨耳提面命精心调教下,周宏十几岁时就技术大长,青出于蓝,不仅名闻遐迩,而且艺冠中州。当时河南民乐界出了四大名将,即周宏、梅道、孙和尚、宋胡闹,这四大名将都是支官的喇叭头。支官,就是专为迎接官员的唢呐队。1720年,周宏来陈州支官,接待的是郑县令。周宏身穿皮袄,外罩二毛羔皮坎肩,手拿唢呐,显得很潇洒。郑县令看到一个艺人穿着阔绰,便白周宏一眼道:"你穿着楼上楼的皮袄,叫老爷我怎么个穿法?"周宏回禀说:"大老爷,你穿的是皇衣官服,我穿的是民衣俗服,怎敢与老爷相比!"一句话顶得县官如鲠在喉,便恼羞成怒,把周宏重责40大板关押班房,多亏其父故交说话才保释。周宏出狱后,为躲避迫害,只好南下项城、新蔡、正阳、汉南等地卖艺,于是又誉满豫南各县,后为光州府官留府支官。

周宏艺高技全,善用低音唢呐演奏迎送曲牌或戏曲唱腔。周宏在光州一呆几十年,直到1753年才重回陈州府。由于他的名声,一回到陈州,就再次被聘为支官。

当然,支官并不是每天都"支"的。没有迎送官员任务时,唢呐班也可接一些民活。那时候,正是乾隆盛世,天下太平,民家红白大典,多用唢呐增添热闹气氛,所以周家唢呐班一年到尾闲不得。一般红事用器乐,皆是提前预约。陈州土话曰"粘响器"——就是喜期定下后,再到唢呐班里粘响器,一般要提前两个月,交几个定钱,写上字条,×月×日×村×××家定好。如有变更,必在一个月前销号。因为那一日好期决不只是一家,你不能因此而误了人家出门挣钱。

这一年,城北大户白家三公子娶亲,特派人定了周家唢呐。不想就在好期来到的头天下午,周宏正欲带人去白楼应事,突然又接到县衙通知,命周宏明天早饭后到城内支官。周宏一听,顿觉头昏脑涨,不知所措。因为白家为名门大户,得罪不得,而官家更是厉害,过去自己为此曾吃过不少苦头,岂能再遭二遍罪?如若是一般人家,可以"破班"应事,现在两家都是冲着他周宏的名声来的,怎么办?那时刻,周宏恨不得会分身术。按陈州规矩,唢呐班应该头天夜里住到新郎家,第二天早饭后去迎亲。周宏想了想，只好带队先到白家同白家主人商量，说是今晚吹上半宿，明早儿"破班"，一队去迎亲，一队去支官。不想到了白家一说，白家主人一口拒绝。并说白家订响器的主要目的就是办喜事！自古有"先来后到"之说，响器是我们先订下的，必须等我们接回新娘，你再去哪儿吹请便！但明天不准离开这里，因为我请的是你周宏，众人一看不是你掌笛让我面子往哪儿搁？再说，支什么官？不就是一个七品吗？看看我家门楼，比他高几个品位！

周宏一听，全傻了眼儿！人家白主人说得句句是理，驳不得！万般无奈，周宏只好派人去到县衙说明情况，特别强调这是多年不遇的巧劲儿，万请见谅，望另请高就！县上人一听，很冷地望了一眼周宏派去的人，说："你师傅说得轻巧，这支官一差怎能随便更人？来的官员大多知道周师傅大名，若换了别人新官一定认为是慢待，那可是让我们吃不了兜着走！回去跟你师傅说，今晚有事儿可以不来，但明天早饭后千万别误了班！要说白家订响器早，也是实言，但他再早也早不过官家呀，因为周师傅刚从光州府回来就被我们聘下了嘛！"

周宏的徒弟回白楼向师傅如实一说，周宏惊呆如痴，怔怔然半天没说出话来，最后禁不住长吁又短叹。徒弟见师傅可怜，劝道："明天破班儿，由我先去县衙顶着，不中再说！"万般无奈，也只好如此了。当下，白家已搭好了乐棚，周宏便入棚开吹。听说是周家唢呐班，三乡五里的都赶来看热闹。一时间，白府门前人流如潮，灯光如昼，气氛异常。

第二天一早，周宏把唢呐班一破两队，由徒弟带几个人去县城衙门应差，自己留下随花轿去迎新娘。这本来是没办法的办法，不料白家主人得知后，却派人把唢呐队看管了起来。并兴师问罪说要"破班"你们为何不来时破开，现在到了我们家，一场大喜岂容你们破来破去？不把新娘迎回来，你们哪儿也不能去！

周宏深怕因此再得罪了官府，急忙央求白家主人说："我们是靠出口热气换口凉气混饭吃，您老高高手我们就过去了，万请给我留条路！"白家主人说："你是江湖人，应懂江湖规矩！我们一场大喜，你们如此破来破去，是何道理？"周宏哭丧着脸说："谁知道会赶得这么巧哩！若知道有这，当初我说啥也不会接你的条子呀！"白家主人一听，变了脸色，口口声声说周宏小瞧了白府，一定要给周宏点儿颜色看看！言毕，拂袖而去。

一见白家主人这种阵式,周宏吓得面色发白,哪里还敢"破班"?

这时候,县衙也派了两个差役催周宏速去县城支官。两个差役害怕白家权势,不敢明目张胆地找周宏,而是化装成看客,混进白府,偷偷先取走了周师傅的唢呐,然后留下口信,要周宏带人速去县衙支官。

这一下,算是给白家主人找到了借口。尽管周宏一再解释,白家主人就是不信!为啥?因为有刚才的话证着,你压根儿就没把白府放在眼里,而是从昨天一来就央求着去支官,看我不放,才故意让人偷走唢呐,刁难于我!如此一说,周宏早已吓飞了魂儿,禁不住"扑通"跪地,对白家主人说:"事情到了这一步,就只好求老爷高抬贵手放我去县城支官了!"白家主人一听,怒火万丈,吼道:"你怎么如此怕官呢?"周宏哭丧着脸回答:"我如果不怕官,难道还会怕你吗?"

白家主人一听周宏说出这等话,怔了,许久了才问道:"你……你怎么能说出这等话?"

女

票

周宏望了白家主人一眼,说:"就因为我怕官,所以才怕你!如果有一天我连官都不怕了,你在我眼里还算个球!若论官,实不相瞒,我父亲当初是朝廷命官,你这小小白府算什么?若论理,谁也一竿子打不到底儿,多朝后看看点儿为好!细想想,作为朝廷命官,我爹我爷做梦也想不到他们的后代会在这里受一个乡绅的气!"

白家主人一听这话,禁不住目瞪口呆,虽然气得双手发抖,但毕竟还算悟出了周宏话语间的分量,嘴张了几张,最后只得向周宏无力地挥了一下手,说:"好,好!你去支官吧!"

周宏这才如得大赦,急忙带人赶到县城,但已经晚了,新任知县的轿子已来到了县衙大门前。好在新任知县是个明白官,望着满头大汗的周宏,先问了问情况,然后叹道:"这不怪你,全怪我官小!若我是个道台,那白家敢吗?"

周宏一听,急忙磕头谢罪。不想那知县又说道:"既然你来了,也得给我挽回点面子!这样吧,今天老爷只听你一声笛,把我从这里迎到县衙就得——先说好,不准两声,老爷我走到为止!"言毕,新知县走下轿子,迈着官步朝县衙走去。周宏憋足一口气,抚笛长啸,直直吹了一袋烟工夫,那知县还未走进县衙……

突然,只听两声脆响,周宏师傅眼球爆裂,倒地身亡……

云 龙 端 砚

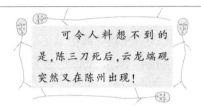

可令人料想不到的是，陈三刀死后，云龙端砚突然又在陈州出现！

陈州赵家为名门，祖上曾做过清初翰林院编修，到赵甲封这一代时，已家道中落，只剩下空空一宅。

但是，赵甲封有一宝砚——云龙端砚。

端砚是唐宋时期的四大名砚之一，历来为文人学士所珍爱，特别是有眼端砚，更加少见，故被古董行家称为"眼多一个，价高一倍"。而赵甲封家的云龙端砚为两眼砚，且雕刻精美，质地细腻，可谓是价值连城的无价宝。

赵家云龙端砚外观呈不规则的圆形。缺陷部分，琢成圆形花瓣样式，直径约 15.5 厘米，厚 2.2 厘米。正面上端有三分之一的宽度，浮雕出山川大泽。川泽过渡自然，浑为一体，云蒸雾绕。在川泽的右边，有一巨龙一声长吟，跃出山谷，去追赶一颗闪着火花飞动的三彩宝珠。龙头与两前爪已经现出，嘴上的髭须迎风飘动，龙身与尾部尚隐于山川之间。三彩珠有黄豆粒大，高出砚面少许，实际是一颗天然的鸡眼形的玉粒雕成，制砚行话叫做"眼"，有几个眼就叫做几眼砚。此珠不但颜色与砚面迥异，而且天生的滚圆，淡青色中又有一个深黄色的小点，

宛如鸡眼的瞳孔。珠周围浮雕出四条火焰纹,把珠衬托成一个飞滚的火球。另外,在龙头上还有一个小眼,颜色与宝珠同,制砚匠师把它巧妙地刻成眼珠,使龙变得格外精神,整体效果和谐生动,充满灵动之感。

此砚还有一奇,即山川及砚的周边部分都是暗紫色,而中间研面部分则呈淡紫色,色调差异明显,而且交界处泾渭分明。砚的背面还雕出了大片的流云纹,所以称其为"云龙端砚"。

在赵家鼎盛之时,极少有人敢打云龙端砚的主意,现在赵家衰落了,云龙端砚便成了收藏家的"追求"和"奢望"。古董商们更是趋之若鹜,四处打探信息,尤其是对赵甲封的行动,几乎已到了监视的地步。

除去收藏家和古董商青睐那台云龙端砚外,还有两种人对它垂涎欲滴。这两种人就是盗贼与土匪。

盗贼若想得到宝砚,办法只有一个,那就是偷。防备这种人,只需把宝物放严密就行了。而土匪得到的方法却很多,能使你防不胜防。当然,土匪想得所需的办法也无外乎三种:一是抢,二是绑票,三是号。三种办法相比较,要数"号"比较文明。"号"就是号物之意。一个"号"字,内里大有学问。比如一座宅院,县太爷说要买了,别人就不敢再伸手。这里既比金钱又比权势。陈州名匪陈三刀就用"号"的手段得到过不少稀世珍宝。

陈三刀,字兰波,名一恒,出道前是位穷酸秀才,有一年被豫西名匪路老九绑票无钱赎身,便入匪道当了路老九的师爷。路老九死后,他逃出匪巢,本想再发愤求得功名,不想被人揭发出入黑道之事,被逼成匪,自拉一杆,在陈州称王称霸起来。陈三刀不但满腹经纶,还有一笔好书法,连绑票送人的帖子皆被人收藏,人称儒匪。他由于爱书法,很喜欢收藏名画和古玩儿。尤其是对古代名砚,更是爱得成癖。因为他胸中有文墨,对众人皆知的名宝,从不生拿硬抢,说是怕伤了宝物的灵气,所以多用"号"的手段弄到手。当然,"号"的前面是冠冕堂皇,后面却是杀气腾腾的威胁。往往是先放出风声,说是××已被陈大王看中,无论何人用何种手段弄到手,必得孝敬陈大王,否则,百日之内你将有血光之灾!人生在世,平安是福,谁也不愿因一件古玩儿而落个家破人亡。比如赵家的"云龙端砚",它就是价值连城,总比不上一家人的性命宝贵。于是,当陈三刀把云龙端砚一"号"住,像是"姜太公在此,诸神退位"一般,再没人敢向往那方

宝砚了。

赵家败落之后，赵甲封为保住云龙端砚等山穷水尽之时卖个好价钱，整天东藏西放，还觉得不牢把，生怕盗贼白手拿鱼。现在陈三刀一放风，像是给云龙端砚罩上了一层血光，就是放在大门外也没人敢要了。

陈三刀放风不久，便派来了中人，问赵甲封是否愿意出售端砚，如果想出手，陈大王愿掏银买爱。赵甲封沉吟了许久，说："既然陈大王想要，那就该让他自己来当面谈价。"

赵甲封虽是个破落子弟，但脑瓜并不"破落"，他很狡猾地在这里埋了一手，心想陈三刀再凶，但属邪，我赵家虽穷了，但仍是一团正气，自古"邪不压正"，只要你敢于光天化日之下来谈价钱，我赵某就敢奉陪。

可出乎赵甲封意料的是，陈三刀得砚心切，不但来了，而且还是一个人来的。他走进赵府的时候是一个上午，只是化装了一番，一副商人打扮，很气派地走进赵府客厅，要求面见主人赵甲封。平常赵甲封只是听说过陈三刀，可从未见过，一听说来人就是陈三刀，面色白了许多，差点儿吓软了双腿。相比之下，陈三刀倒显得毫不惊慌，谈吐高雅，举止大方，扫了一眼赵甲封，笑道："赵兄不必惊慌，此次进城，小弟未带一兵一卒，只想得到云龙端砚，夺赵兄之爱！"言毕，从怀中掏出一锭金子，放在几案上，抱拳道："小薄意思，请赵兄哂纳！"这下，更使赵甲封惊诧不已，因为云龙端砚虽然宝贵，市价也只不过顶几百两纹银，而万没想到陈三刀出手如此大方，竟拿出沉甸甸的金子来换取端砚。常言说：一金百银，自从赵家败落之后，金子早已成了家人的梦想。你看，现在又回来了，多大的一砣！反正端砚早晚要出手，卖给谁都是卖，何必不送个人情，再放着它提心吊胆！思路一畅通，赵甲封便再不迟疑，跑进密室，取出那方云龙端砚，揭开红绸，交给陈三刀，然后取回金子，算是两清。那陈三刀一接过端砚，顿时双目发光，仔细看了，见是真品无疑，笑了笑，站起身，道了一声谢，便走出了赵府。

望着陈三刀走出大门，赵甲封才算松了一口气，用手掌端起那锭金子，对着太阳细照，见金光闪闪了，又用舌尖儿舔了舔，一股儿金味儿，但仍然不放心，到灶房内朝灶火里一撂，点火烧了起来。不想刚烧了不一会儿，赵甲封突然闻到一股异味儿，急忙扒出那锭金子一瞧，早已变成了

黑砣砣。

赵甲封大呼上当,连骂陈三刀不讲义气,正在气愤之时,突听大门外又有人高报,说是陈大王带着一帮人已到府内。赵甲封一听,如炸雷击顶,知道先来的那位定是一个假货,连呼上当,懊悔得捧头都找不到硬地。最后,赵甲封捧那锭假金子哭着走到前厅,向真陈三刀诉说了假陈三刀用假金锭骗走了真端砚的经过。陈三刀当然不是笨伯,一看便知赵甲封所言是实,愤怒万分,一拳砸在茶几上,骂道:"竟有人敢冒充老子的名分!抓住此人,定要碎尸万段!"

只可惜,来人骗术高明,利用赵甲封对陈三刀的畏惧心理,轻而易举地取走了云龙端砚,实为骗界高手,如此狡诈老练的骗子,连县衙都对他无奈,何况陈三刀乎?于是,云龙端砚失踪一事便成了悬案。

可令人料想不到的是,陈三刀死后,云龙端砚突然又在陈州出现,更令人料想不到的是,它的主人仍是赵甲封!

有人说,当年赵甲封为迷惑陈三刀,故意演了一出戏保住了云龙端砚。

有人说,那个假陈三刀是个文物迷,深怕宝砚落到匪徒之手,便提前下手取走端砚,然后又悄然还给了赵甲封。

……真真假假,至今没人说得清个中原委,加上赵甲封一直守口如瓶,直至瞑目未露半点儿真情,便使此事又成了陈州一谜。

新娘彩彩

孙方友传奇小说

大洋是用红纸包的，一排五捆儿，放在托盘里，活脱五朵红牡丹。

新娘来的那一天，土匪司令于三刀拎着双枪走进赵府大厅。赵老岁惊慌失措，面无人色。客人们更是面面相觑，吓得大气都不敢出。于三刀双目如电，在女人群里扫来扫去。突然，那目光就凝聚一处，射出淫荡的异彩。

被那股淫荡目光笼罩的正是新娘彩彩。彩彩那一年刚满十九岁，天生丽质，文雅端庄，秀发高耸，亭亭玉立，婚纱似云般托着一朵洁白的莲花。漂亮的彩彩并不见惊慌，只是怔然片刻，然后就迎着那片淫雾款款走了过去。彩彩走到于三刀面前，先施礼问安，然后抱怨道："干爹，您老咋才来呀？"

于三刀做梦也未想到新娘子会来这一手，面露尴尬，愕然地望着不卑不亢的彩彩，最后终于慑服于彩彩真诚纯洁的目光，插入双枪，顺着"干女儿"递过的"台阶"说："女儿结婚，为啥不告诉干爹一声？若不是我亲自找上门来，岂不让江湖中人笑掉大牙？没说的，干爹我下午就派人送来一百块大洋。"

人们这才松了一口气，赵老岁见机行事，急忙端酒上前，恭敬地说："于司令，请喝酒？"

"什么司令不司令,你我是亲家嘛!"于三刀扫了众人一眼,最后对彩彩说:"干爹今儿个还有事儿,只是先顺便来看看,给干女儿壮壮威,省得受人欺负。过几天我还会来的!"说完,大手一挥,带着匪徒们走出了赵府。

下午,于三刀果然不食言,派人送来了一百块大洋。大洋是用红纸包的,一排五捆儿,放在托盘里,活脱五朵红牡丹。

赵府上下全夸彩彩机灵,不但闯过了险关,还得了一百块大洋。这几年,于三刀已抢过好几个漂亮的新娘,而且多是有钱人家的儿媳妇。据说他娘结婚时被大户人家糟蹋过,所以他要以牙还牙专跟大户人家过不去。赵家是大户,自然也逃不脱。怎奈大户出贵人,彩彩只叫了一声"干爹",就化险为夷。全家平安无事,真乃造化。

事情过后不久的一天深夜,突然枪声大作。原来于三刀与另两股强匪因黑吃黑打了起来。由于寡不敌众,一个时辰没到,于三刀的队伍就被打得七零八落,他自己也受了重伤。他一个人跌跌撞撞仓皇逃命,最后从狗道里爬进了赵家大院。

赵家人都很害怕,赵老岁望着浑身是血的于三刀,语无伦次地说:"于……于司令,你还是另找安身之处吧?"

这时候彩彩来了,她见于三刀伤势严重,急忙让人端来盐水,极其小心地为于三刀擦血疗伤,并对公爹说:"救人一命,胜造七级浮屠。他虽是恶人,但良知未泯,应该救他。"

赵老岁听听墙外枪声稀了,沉思片刻,便命人把于三刀抬进一间暗房,藏了起来,并拿出"金创药",让人给予三刀疗伤。

于三刀在赵家期间,彩彩一日三顿端吃端喝,并亲自喂他。于三刀望着善良的彩彩,泪水就顺着腮帮子流了下来。

于三刀哭着对彩彩说:"我一生作恶多端,从不怕邪恶。而你,却用善良打败了我!"

彩彩笑了笑,对他说:"你是我的干爹,女儿侍候您是应该的。"

于三刀一听,哭得更痛,说:"你不知,我那一天用的是缓兵之计,心里想着终归要抢你的。现在想来,我真不是人!"

半月过后,于三刀伤愈,对彩彩说:"我要走了。"彩彩把洗过的衣服叠规整,打了包儿,又放进包儿里五十块大洋,最后才取出那两把匣枪,还给了于三刀。

于三刀望了望那枪,凄苦地笑了笑,说:"我本想隐姓埋名,从此不摸枪,怎奈你公爹已把我告官,没枪我走不出去了!"

彩彩惊诧地瞪大了眼睛,好一时才说:"那你就拿我当人质,闯出去吧!"

于三刀感激地望着彩彩,痛苦地说:"你如此善良,我宁坐大牢也不愿连累你。可对你公爹,我要报复他!"

彩彩惊慌地望着于三刀,半天没说出话来。

于三刀笑了笑说:"你别害怕,我再不会开枪杀人!我只要到大院里喊一声,说我把我积累多年的藏宝地点告诉了你公爹,官府和黑道上的人物都不会放过他!"

彩彩惧怕地蹙紧了秀眉,像望魔鬼一般望着于三刀,哀求说:"求求你,别那样做!那样会闹出好多人命的!"

于三刀望了望彩彩,举起了匣子枪,说:"你不用害怕,我听你的。只是为着不再杀人,请你马上离开这里,我要自杀。"

彩彩一听,脸色骤变,上前夺过匣枪,愤愤地说:"你既然已悟出了做人的道理,就应该活下去!"

不想于三刀突然笑了,对彩彩说:"刚才是我最后一次试你,你公爹根本没告官。"

彩彩愕然如痴,如梦方醒地问:"我公爹真的没告官?"

于三刀点了点头。

"你为啥哄我?"彩彩不解地说。

"实不相瞒,我真有一批财宝,试你的目的是想把藏宝地点告诉你,也是作为一个真正的干爹对干女儿救命之恩的报答。"

彩彩变了脸色,说:"我救你并不是想得到什么,只是感到你良知未泯,盼你改恶从善,重新做人。你走吧,我再不愿听你说一句话!"说完,扭身走了。

于三刀急忙拦住彩彩,很重地望了她一眼,掷了匣枪,说:"就凭这句话,我于三刀不枉来世一遭!你放心,那批宝藏我饿死也不会自取,因为只有你才配做它们的主人!但我尊重你的选择,让它们永眠于地下!"完毕,跪下给彩彩磕了三个响头,起身朝门外走去。

从此,于三刀杳无音信。

孙方友传奇小说

张 三 水 饺

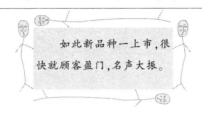

如此新品种一上市,很快就顾客盈门,名声大振。

张三水饺是陈州名吃。

张家饺子的特点是:选料优良,制作精细,外形美观,皮薄馅大,鲜香味美,风味独特,脍炙人口。在陈州一带,提起张三饺子,无人不知,无人不晓。甚至达到了以吃过张三饺子为荣的境界。

据传,张家原籍是河北河间府任丘县人,有一年河北遭荒年,张家上辈带着一家老小逃荒来到陈州城东湖边,为了谋生,搭了个窝棚,开始做水饺生意,维持生活。

开初,张家饺子为"元宝型",包出的饺子个个像小元宝儿,为让食客讨吉利,挂牌就叫"元宝水饺",生意还算混得下去。到了1870年,张家的独生子张三长大成人,并继承了父业。为维持经营,他想法生点提高水饺的质量,开始研究春夏秋冬一年四季人们的口味特点和饮食的变化规律。初春,他选韭菜做馅,味道鲜美,可是经过反复品尝琢磨,发现酱油和面酱用多了,影响韭菜的鲜味,于是多用食盐调味,韭菜鲜味丝毫不减。冬天,他用白菜制馅发现馅儿颜色不美,就多放酱油和面酱让

女票

馅儿增色。经过反复实践，摸索出最佳配料方案，使张氏饺子总是保持鲜香可口。另外，他还认真研究外地饺子的特点，比如开封的蔡家饺子，哈尔滨的花家饺子，沈阳的老边饺子，发现这些名店多是两种馅儿，一是普通馅，二是炸馅。普通馅是用生肉和馅，加时令的蔬菜和调料。清末年间，陈州周围的饺子店基本全是普通做法，张三决定将炸馅引进中原。一开始，他用油炸馅，结果既不易消化又不出馅。张三对此苦心钻研，终于研究出汤饺馅。汤饺馅就是把肉用油炸之后，再放入骨汤爆煨20分钟，使收缩的肉馅儿吸水恢复原样，这样既松散易吃，又易于消化，食后没有口渴之感。如此新品种一上市，很快就顾客盈门，名声大振。

生意越做越火，张氏饺子就扩大了门面，而且已由当初的"元宝饺子"发展到二十多个品种，并首别有风味的"饺子宴"，使人大饱口福又长见识，蒸、烙、煮、炸，各种形状的饺子，满满一桌，盘盘饺馅各异，有银耳馅、香菇馅、虾仁馅、鱼肉馅、黄瓜馅、红果馅、山楂馅……最使人惊异的是"御龙锅煮水饺"，一盆蓝色的炭火，烘托着古色古香的御龙锅，一两面包成的25个小巧玲珑的元宝饺儿，在汤中上下翻滚，五龙搅水，香气四溢，闻之垂涎，食之馨口。

清末光绪年间，袁世凯回项城葬母路过陈州，当地官员特请他吃了一回张三水饺。袁世凯品尝后，挥毫留下八个大字：张三水饺，天下第一。

只可惜，当时袁世凯是在县衙里写的这几个字，而且是回府奔丧，心情不是太好，写了也就写了，并没让人送到张三饺子馆。袁世凯走后，陈州知县望着那八个字，似望到了一堆元宝，决心要赚张三一把。他派人喊来张三，说："你家的生意越做越大，应该请名人写幅匾额了！"张三不解其意，说："我家店门上的匾额不就是请陈州名家段老先生写的吗？"那知县笑道："段老先生只能在陈州一带算名人，出了陈州谁还知道他？我说的名人应该全国人都晓得！"张三从未想过这么高，瞪大了眼睛问："那咱能请得动？"知县说："只要舍得钱，就没有办不成的事儿！这样吧，你拿一万块大洋，我请袁世凯袁大人给你写一块！"张三一听让袁世凯写匾，连连摇摇头说："那我可请不起！一万大洋，那可得多少碗饺子呀！"言毕，忙起身告辞："多谢大人为小民操心！"说完，就匆匆回店里忙生意去了。那知县万没想到会是这种结果，大骂张三吝啬，但东西再贵，人家不要没办法。

这事儿本来已经算完,袁世凯吃过饺子,觉得饺子好,又是家乡人,即兴题了词。知县想借机敲张三几个钱,可张三对此不是太看重,所以袁大人的题词也就没了什么意义。张三走后,那知县又拿起袁世凯的题词看了看,觉得已没什么用,只好先当做一幅名人书法收藏。他正欲收起拿回暖阁,不料被师爷看到了,问道:"大人,那张三怎么没要袁大人的题词?"知县生气地说:"一个守财奴,不识货!"师爷也姓张,叫张老五,为人聪明绝顶,一听那张三不要袁世凯的题词,很是吃惊,认为这张三真是土鳖,不知袁大人这句题词的含金量,便拿起那幅字,对知县说:"大人,袁大人的这幅字是专指,除去张三,别人收藏没什么意义。这样吧,我给你500大洋,将它送给我吧!"知县一听张师爷要买字,很奇怪地问:"你要它干什么?"张师爷笑了笑说:"大人,您别忘了,我也姓张啊!这袁大人是对我们张家的题词,若弃了岂不可惜!再说,我先用500大洋买到手中,等哪一天那张三迷过来了,说不准还能卖到1000大洋哩!"一听张师爷说这话,知县就感到自己问张三要价太高了,但事已至此,又不便再给一个生意人讨价还价,若那样传到袁大人耳朵里,怎么了得?既然师爷如此巧妙地给自己台阶,赚一个是一个吧!于是,就答应了。

女
票

张师爷将袁世凯的题词拿回家后,到永昌斋让人制了一块匾额,将那八个大字镶在里面,藏了起来。几个月后,他又在与张三饺子馆对面的地方租了几间房,掏高价从张三水饺馆里聘了两名师傅,也办起了个饭馆,也专卖水饺。开张那天,请来不少陈州名流来捧场,敲锣打鼓放鞭炮,很是热闹。

由于张师爷请来的大师傅是从张三饺子馆里掏出来的,所以凡是张三那边有卖的,这边全有,而且味道相差无几。又加上张师爷在县衙里供职,便都来捧场,请客待客,多在这里。于是,这边的生意就很快兴盛起来。一看时机成熟,张师爷便将袁世凯的题词挂了出来:张三水饺,天下第一。随即也将水饺馆命名为"张三水饺馆"。尤其是外地人,更是信匾不信人。这样,很快就把那真张三盖了下去。

真张三自然很不满意,认为张师爷侵犯了他的名誉权,将张师爷告到了县衙。那知县也没想到张师爷会有这一手,而且自己正想找真张三出恶气,是张师爷的这一手逼他自己找上了门。知县很佩服地望了望张师爷,对真张三说:"你姓张,人家也姓张。兴你叫张三,就不兴人家叫张老五?"张三说:"大人,如果他叫张五水饺馆,我没得说。为什么也专叫张三,而且在我生意兴隆之后?"张师爷笑道:"这店开初是我开的,后来让给了我家三哥。我叫张五,我三哥不叫张三叫什么?你说你叫张三在前,更是谬理,我比你还大一岁,我家三哥岁数更比你大,怎么会在你之后呢?"张三有理被辩得没理,反被判作诬告,不多不少,知县一下罚了 3 万大洋,一家伙就将张三大伤了元气。

看斗不过假张三,真张三只好离开陈州,回河北老家去了。

真张三走后,假张三的生意更为红火。张师爷看时机成熟,就辞去了师爷的职务,专干起老板来了。

因为张师爷也不是笨人,当上老板后更加注意饭店的质量和管理,生意越做越大,最后连周口、汴京都开了连锁店。

这事除去张三外,最后悔的是那个知县。他看到张师爷的生意蒸蒸日上,很后悔自己为什么当初没看到这一步,只顾借权力想法生点捞别人的钱,却忘了自己去挣钱。

再后来,张老五财大气粗,不但自己当上了陈州商务会会长,也为两个儿子买下了前程。大儿子进了省府,小儿子进了专署。每逢过年过节,地方官员都来拜望张师爷。那时候知县早已作为前清遗老遣回了原籍,据说很是穷困潦倒。好在张师爷不忘旧情,早不晚还救济他一些。

仙　　乐

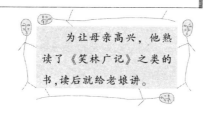

为让母亲高兴，他熟读了《笑林广记》之类的书，读后就给老娘讲。

　　陈州城东关有个姓苏的寡妇，丈夫早逝，寡妇熬儿，儿子考中进士，后升为五品知州，成为一代清官。

　　苏寡妇娘家姓苏，丈夫姓于。她的儿子叫于文元。清康熙十九年，于文元成进士，初任直隶通县知县，康熙二十五年，调任亳州刺史，55岁那年，因身体欠佳被放回到陈州当知府。

　　那时候，他的老娘还健在，已年近八旬，但身板硬朗，眼不花耳不聋。只是头发白了，一头麻发，让人肃然起敬。

　　于文元是个孝子，每天晚上让妻子给娘暖脚拉家常。上了年纪的人，一切均在回忆中，回忆年轻时的欢乐和痛苦。于文元十分懂得情绪是长寿的秘诀，所以常抽空儿给老娘讲些儿时的顽皮或一些官场笑话，让母亲整日生活在欢乐之中。为让母亲高兴，他熟读了《笑林广记》之类的书，读后就给老娘讲。书上讲完了，就到处派人收集，闲来无事，他自己也想编些笑话。只可惜，于文元当官多年，一脸严肃，讲笑话时还凑合，知道如何冷脸抖"包袱",可等到自己编笑话时,方知身上的幽默早已随着政治生涯消失了,编出的东西不但不可笑,而且枯燥乏味,为此,于文元很苦恼。

大概就在这时候,他听说城南关有个老头儿极会讲笑话,便派人把那老汉请了回来。

请来的老汉姓胡,叫胡鳖儿,也七八十岁了,由于性格开朗,爱说爱笑,所以显得很精神。以前,他喂了一头种马,一头种驴,一头种牛,专给牲畜配种,整天走南闯北,见多识广,干的又是一种特殊活计,所以走到哪里就会响起一片笑骂儿声。这种人在那个时候属"下九流",有"七修(脚)八配(种)九娼鸡(娼妓和野鸡)"之说。一般大户人家是极少与这种人打交道的。可于文元是个孝子,为了母亲便不顾这些了,便请来胡鳖儿,让他到客厅里先讲一段儿笑话,看看能否让自己笑起来。

胡鳖儿平常都是与下里巴人混在一起,所讲的笑话也多是难上桌台面的。现在又面对的是知府大人,胡鳖儿早已吓出了一头冷汗,脑际间一片空白,别说讲笑话,差点儿连话也说不囫囵了。于文元一看胡鳖儿害怕自己,便先讲了一个,目的是想活跃一下气氛。只可惜,于文元是学问人,讲笑话也多用文词儿,胡鳖儿听不懂,自然也不觉得可笑。

万般无奈,于文元只好赏了胡鳖儿几两银子,让他走了。不想于文元请胡鳖儿来府上的消息早已有下人告知了老太太。老太太很高兴,因为她不但认得胡鳖儿,而且与他极相熟。原来苏寡妇年轻时为供养儿子读书,曾偷偷给富人当过洗衣妇。女人家到了给人洗衣的份上,自然也就没了身份,就好比马夫、丫环一样,成了下人。那时候老太太是给一家姓段的富户洗衣服,段家住在南关,苏寡妇每早去段家时要路过胡鳖儿家。胡鳖儿家门前是一片场地,每天早晨,胡鳖儿均要朝外牵种畜,所以二人时常碰面,开始只是笑笑,慢慢就熟悉了。加上这胡鳖儿是个"烂货",人一熟就寻乐开玩笑。他对苏寡妇说:"知道我这阵子生意为啥好吗?"苏寡妇说不知道。胡鳖儿说:"主要就是因为每天我牵着种驴出来第一个碰上的是你!干这一行,每天早上第一眼看到女人,是大吉,尤其是看到女寡妇,更是难得!为啥?闲地易成苗!"面对这种玩笑话,开初苏寡妇有点儿不习惯,多了,也就不介意了。又见胡鳖儿只是个赖嘴,人挺善良,并没什么

孙方友传奇小说

212

歹心眼儿，便对他产生了好感，有困难时，就向胡鳖儿借几个。胡鳖儿见苏寡妇日子紧巴，也想点儿生法儿救济她，对苏寡妇说："你只要每天第一个让我看到你，我一月赏你五两银！"如此轻易地抓到一笔额外收入，苏寡妇自然感激不尽，所以每天都按时路过胡鳖儿家门口。可以说，于文元能金榜题名，其中有着胡鳖儿一份功劳。当然，于文元是不知道这些的。他今天为母行孝请来了胡鳖儿，全属偶然，不想却勾出老太太一段旧情，非要见见胡鳖儿不可。

于是，于文元急忙派人再次去请胡鳖儿。

这一请不要紧，勾起胡鳖儿埋藏在心底深处已久的那段恐怖。当年胡鳖儿救济苏寡妇，除去好心之外，自然也有一丝爱恋，只是这种淫乱之心一直被"好心"压住，没有机会暴露而已。可自从苏寡妇的儿子中举之后，胡鳖儿就下意识中多了一份警惕。现在于文元当上陈州知府，刚"请"一回，又"请"一回，而且是去讲"笑话"，什么意思？是不是她娘给他说什么了？他要杀人灭口埋藏那段不光彩的历史，怕人知道他的乌纱帽上有"种驴"的功劳？要不就是苏寡妇早已看出了自己的"歹心"，一直没机会报复，这下儿子当了知府，要给我一点儿厉害？

如此推来想去，全不往好上想，而且越想越害怕，越想越觉得自己末日来临，更怕受那大堂之苦，最后竟悬梁自尽了！

消息传到于府，于文元母子皆很惊讶。尤其是老太太，更为悲痛，一连几天不吃不喝，用此哀悼恩人胡鳖儿——只可惜，那时候胡鳖儿已经入土了。

本来事情已经算完，不料胡鳖儿之死竟被一些别有用心的人为攻击于文元增加了把柄。因为于文元是清官，得罪过不少小人和恶人。这些人历来好搬弄是非，于是他们就利用胡鳖儿之死为于母演绎出不少年轻时的绯闻，然后又说于文元如何借用手中之权"为父报仇"，用计害死了苏寡妇当年的相好胡鳖儿，心痛得老太太几天不吃不喝……

当然，这些传闻于文元不会知道，因为没人敢给他说。于文元虽然不知道，但他的母亲却知道了。于母的消息来自一位女佣人，而这位女佣是被别人收买的，专为老太太悄悄传递这种消息。收买女佣的人原想借此气死老太太，用以给孝子于文元以重创。没想老太太开初听时有些架不住,怎奈那女佣天天灌输,听得老太太麻木了,最后竟像听别人的桃色故事一样听上了瘾。编谎言的为让老太太早日灭亡,连她当年如何与胡鳖儿做爱都描绘得一清二楚,使老太太每日都生活在亢奋的情绪之中,竟越来越精神了。

这很使那些别有用心的人莫名其妙。

老太太高寿97岁。

陈州百姓都说,还是好人得好报呀。

沙 颖 书 院

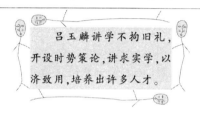

吕玉麟讲学不拘旧礼，开设时势策论，讲求实学，以济致用，培养出许多人才。

清末年间，陈州府内共两座书院，除去弦歌书院，还有个沙颖书院。

沙颖书院在周家口。

书院是封建社会集学子讲学的场所，始于唐而兴于宋，明清仍很盛行。历代不少著名学者，都在书院中设坛讲学和钻研学问，许多学子也多聚集于书院里学习儒家经典，相互问答，间或议论时政。清中叶以后，大部分书院成了应试进修处。沙颖书院，创建于康熙五十八年，院址设在颖河南岸关帝庙之东，最初只有三间厅堂，后经众绅捐修增扩，渐具规模。到乾隆初年，已扩建为讲堂五间，斋房二十余间，由著名书家赵瑾公楷法端庄地大书"沙颖书院"四字匾额，悬于书院前仪门之上。到了道光年间，又有内阁侍读学士、大理寺少卿李擢英捐献巨资重修书院，并于讲堂后建立文昌阁，收藏案卷图书。到这时候，整个院宇已是雕梁画栋，厅堂宏伟，显出了庄重、肃穆之气。

沙颖书院的历届山长（住持书院的院长，亦称主

女

票

讲），均由绅董公荐德高望重的有学之士来充任。到了道光年间，由进士吕玉麟主讲于沙颍书院。他原在广东即任知县，为总督林则徐所器重，后因违忤上官而被弹劾，遂转归故里。吕玉麟讲学不拘旧礼，开设时势策论，讲求实学，以济致用，培养出许多人才。

他的独生女儿也在此求学。

吕玉麟的女儿叫吕怀素，19岁，长相端庄漂亮。在清末乡间，女子不出三门四户，而吕玉麟却不拘旧礼，执意让女儿与男孩子一样读书求学。当然，这与他本人是山长有很大关系。尽管如此，这也是需要极大勇气的。

而吕怀素又极其优秀，无论是书法诗文皆是学子中的佼佼者。尤其是文章写得好，不但文字优美华彩，而且言之有物，常被学子们当做范文传颂——可惜，如此优秀的才女却不能参加科举。

虽然女儿不能参加科举，但吕玉麟却一直让女儿在书院内就学。吕玉麟让女儿一直混在学子之中读书的主要原因是因为他在广东任过知县。广东作为中国的南大门，一直比内地开放。吕玉麟又深知以女孩子为榜样能顶十个先生授课，更能激起学子们的争胜心。沙颍书院在吕玉麟任山长的七八年中，竟出了八名进士，超出了沙颍书院多年的中榜总和，这不能不与吕玉麟那个漂亮的女儿吕怀素有关。

可是，八年过去了，吕怀素已由17岁变成了25岁，但仍然没有婚配。这年春节，八名进士同时登门求婚，吕玉麟对女儿说，你自己挑选吧！

吕怀素知书达理，对父亲说："孩儿一切听从父亲的安排。"

吕玉麟望了望女儿，又望了望身穿官服的八位学子说："你们和我的女儿都是同窗，诸位金榜得中还能看得起我和我的女儿，已使老夫感激不尽！只可惜，我只有一个女儿，所以也只能从你们八人中挑出一个。女儿尊重我，让我这个当父亲的安排，可我应该有自知之明，婚姻大事，只能听她的！我只是要说明的是，她无论挑中你们哪一个，我都高兴！"

众学子听得此言，一齐跪地谢恩，齐夸老师深明大义，公正如天上皓月，最后又挨个表态，挑上了是夫妻，挑不上是兄妹，决不会有任何怨言。

吕怀素见众位同窗皆能如此对待这件事情，也很感动，说："诸位学兄如此看重小学妹，已使我受宠若惊。如家父所言，我既无分身术也无分

心术,这样吧,诸位学兄若真是真心爱我,就不必择学妹为妻,只把我放在心中已使我足矣!"言毕,转身回了绣房。

八位进士一听吕怀素此言,更觉得学妹吕怀素不俗,从心中愈加爱慕和钦佩。只可惜,人家已经婉言谢绝了求婚,再磨蹭也不会出现奇迹。再说,八个人一同求婚,本身就是给人家出难题,倒不如先同众学兄一同回府,改日单个儿来……

八个人具有同等的智力,几天以后,八个人果然分开单个儿来吕府求婚,可令八位进士出乎意料的是,吕怀素没答应其中的任何一个。如此一来,八人中就有六个人灰了心,很快订婚娶亲,完成了终身大事。剩下的两名进士,一个姓胡,一个姓周。胡进士和周进士自然各怀心思,心想只要摞倒对方,吕怀素肯定会嫁给自己,两人相比,胡进士较年轻,脑瓜儿也比周进士好使一些。为能早日如愿,他觉得应该用点儿心计。想了想,便到周进士的府衙,说是要为周进士保媒,争取让其与吕怀素结为秦晋之好。周进士老实,听后信以为真,感动万分,说是自己心中只有怀素学妹,已抱定终身不娶了。今日学兄如此仗义,只要能娶得吕怀素,不要这乌纱也可以!胡进士一听周进士如此倾慕吕怀素,大有拿她当命之势,很是震惊。震惊之余又禁不住反省自己远不如周进士的恒心,觉得自己如此心术不正为达目的不择手段实属可恶!细想想,八个人之中也只有这周进士把吕怀素真正放在了心中,也只有把吕怀素放进心中的人才配得起吕怀素。胡进士痛定思痛,决心一改初衷,要真心帮助周进士促成好事。人一无私心,便显得有胆有识无所畏惧,当下他就告别周进士前往吕府为学兄求亲。吕玉麟一听胡进士是为周进士求婚,很是奇怪,十分怀疑地望了一眼胡进士,心想这学子在耍小聪明,跟老夫玩"项庄舞剑,意在沛公"的把戏。胡进士一看尊师的表情,就知先生误会了自己,急忙跪地说道:"先生若在两天前如此怀疑我,我心中确实有私心!而我原想施计将周进士撤掉,不想到他府第一看,方知他爱学妹强我百倍!我们八人之中,能把学妹装入心中的惟有他!是他对学妹的爱感动了我,使我无地自容,所以才特来为其求婚,盼尊师能成全他们!"吕玉麟一听这段话,禁不住大喜,笑道:"实不相瞒,怀素等的就是这样一位心怀坦荡敢于为别人着想的人,看来你过关了!"胡进士一听,急忙磕头,苦苦哀求道:"学生今

日能得到尊师教诲终身难忘,若是放在昨天,尊师能说出这话定会使我高兴万分!只是学生今日不能答应这门亲事了!学生今日是真心为周学兄求婚来了!学妹只有嫁给周学兄,她才是最幸福的。只要小学妹能一生幸福,晚生也就心满意足了!"见学子如此固执,吕先生也没了主张,好一时,才长长地叹了一口气,对胡进士说:"我十分感谢你们对我女儿的一片心情。你能为别人牺牲自己,更属难得!但今天我可以告诉你,我的女儿为你们牺牲了八年!实不相瞒,她心中早有所爱,但为了诸位能金榜得中,我只好让她忍痛割爱,陪你们完成学业。现在你们都已有了功名,她也心灰意冷,去静虚庵出家了。"

胡进士一听,如炸雷击顶,久久不能言语,最后告别尊师,专程绕道静虚庵,对着山门猛磕了三个响头。

几天以后,胡进士串联八位同窗到静虚庵进香,要求见上吕怀素一面。一个老尼走出来,很淡地对他们说:"我们这里没有什么吕怀素,只有一个叫慧安的师傅,几天前去杭州挂褡去了。"

八位进士很失望,尤其是周进士,差点儿放出悲声。

不久,周进士便与一位京官的千金成了婚。

只是,胡进士却一直不娶,而且每月都坚持到静虚庵上香。后来,胡进士放任外省做官,因受一桩大案的牵连被罢官。大概就在这时候,吕怀素毅然还俗,和胡进士结为伉俪。

那一年,胡进士31岁,吕怀素27岁。

再后来,胡进士冤案昭雪,又被放任州官,只可惜他心灰意冷,再不愿出山。夫妻二人相敬如宾,白头偕老,都是高寿,无疾而终。